© 2020, Stéphane GIRARD

Édition : BoD – Books on Demand, 12/14 rond-point des Champs-Élysées, 75008 Paris.
Impression : BoD - Books on Demand, Norderstedt, Allemagne

ISBN :9782322209460

Dépôt légal : avril 2020

LA CHEVALIERE

A Maurice, où qu'il soit…

ICI

Jeudi 04 avril... 07h52

Elle monte les marches du petit escalier qui mène à son école.

Elle porte des baskets roses aux lacet fluorescents jamais noués, un jean usé, sacrifié aux jeux des cours de récréation et une petite veste blanche, qui prend chaque jour le risque de finir oubliée sur le dossier d'une chaise. Sur son dos, un cartable presque aussi gros qu'elle, abrite les images souriantes des héros de ses dessins animés préférés. Quelques cicatrices courent en silence sur le tissu épuisé, témoignages des courses de couloirs et des chutes qui les ont parfois interrompues. De longs cheveux blonds glissent sur ses épaules, dérobant une cascade de reflets d'or à la lumière hésitante des premiers matins du printemps. Elle est déjà jolie. Elle le sera plus encore lorsqu'elle grandira, dessinant jour après jour ses traits d'adulte et remplaçant par la beauté d'une femme le charme de l'enfant qu'elle est encore.

Alors qu'elle atteint la porte, elle croise le sourire distrait d'une maman qui quitte l'école et entame sa course quotidienne contre le temps. Les regards se croisent. La jeune femme se perd instantanément dans ses yeux bleus, si bleus qu'il semble que le ciel lui-même y ait déposé ses couleurs. Sans le vouloir, elle l'entraîne dans un étourdissant ballet, dans ce monde si pur, si clair qui fait son univers. Durant quelques secondes, la maman en oublie sa course. Puis le temps la rattrape et la force à le suivre.

Elle a dix ans.

Elle s'appelle Xena.

**

Autour d'elle chante le monde.

Elle en vit chaque seconde dans sa plus absolue totalité, le percevant comme peu d'êtres humains sont capables de le faire. Elle possède cette aptitude innée, fulgurante, à dissocier dans toutes les situations, chaque objet, chaque son, chaque sentiment, pour les analyser dans leurs plus infimes détails, dans leurs plus imperceptibles mouvements, les recomposer dans un ordre parfait et les enregistrer de façon définitive. Sans le moindre effort, elle voit ce que les autres ne voient pas, elle entend ce que personne n'entend et elle s'en souvient, sans jamais l'oublier. Elle a une mémoire hors du commun, mais ce qui surprend le plus, c'est la facilité avec laquelle elle retient les détails les plus infimes des scènes que joue pour elle le théâtre de sa jeune vie.

Tous, bien entendu, vantent ses *dons exceptionnels*. Elle répond avec un sourire, à l'éclat duquel elle cache *sa* vérité : Si parfois elle se sent *différente*, elle a pour l'heure le sentiment que la maturité qu'on lui attribue lui vole une partie de sa vie de petite fille. Et elle n'est pas disposée à y renoncer. Si elle se sent parfois attirée par la sagesse des adultes, son univers est celui des enfants. Et même si elle possède déjà la plupart des clefs de ce *Monde des Grands* dont ses copines parlent avec un mélange d'envie et de crainte - pour sa part, elle n'y voit vraiment pas grand-chose à admirer et l'idée ne lui est jamais venue d'en avoir peur - elle est certaine que rien ne l'y attire et qu'elle n'a, pour le moment, aucune intention d'en faire partie. Le temps, dont elle découvre peu à peu les contraintes, viendra bien assez tôt lui retirer ce privilège. Pour l'heure, elle n'est qu'une petite fille et veut le rester. Et parce que c'est sans doute le seul moyen qu'elle ait trouvé pour l'affirmer haut et fort à ceux qui voudraient la faire grandir trop vite, elle fait des bêtises. Et dans ce domaine, comme dans beaucoup d'autres (mais dans les autres, elle le cache...), elle accomplit des prodiges.

Déjouant sans le moindre effort la surveillance permanente dont elle fait l'objet, elle relègue les enfants que l'on dit *agités* au rang de chérubins endormis. Elle n'a besoin que d'un plissement de paupières pour déclencher l'apocalypse. Avec une simplicité déconcertante, elle parvient à transformer en cataclysme l'instant le plus anodin sans que rien ne puisse préparer les témoins impuissants des éléments qu'elle déchaîne aux ouragans qu'elle provoque. Tout ce qu'elle touche a pour unique destin une incontournable disparition ou une inévitable destruction : ses vêtements, ses jouets, ses affaires d'école, sans la moindre distinction de taille, de prix ou de préférence, rien ne résiste à ses talents de destructrice.

Et elle en rajoute : Entre deux catastrophes, elle est capable de parler sans la plus petite pause pendant des heures entières, développant à l'infini d'interminables discours qui n'ont pas le moindre sens, inventant au gré de ses monologues ses propres mots, ses propres langages (auxquels, bien entendu, personne ne comprend rien...) et ignorant dans d'irrésistibles sourires les prières au silence de ses infortunés auditeurs, dont elle rend complètement fous les plus sages et les plus patients. Enfin, pour être tout à fait sure qu'il ne manque pas une couleur à la palette sur laquelle elle fait courir les pinceaux de sa vie, elle affirme une prédisposition innée à se jeter dans toutes les situations qui peuvent présenter un risque quelconque. Elle est celle qui passe en premier, celle qui court le plus vite, celle qui relève les défis les plus inutiles et les plus dangereux. Et par une suite d'événements des plus logiques, elle se retrouve couverte de bosses, de bleus et autre cicatrices en tous genres, symboles colorés qu'elle affiche aux yeux de tous avec une fierté sans faille.

Elle conduit ainsi sa jeune vie à des allures que personne ne semble pouvoir suivre. Pas à pas, elle apprend à utiliser ses formidables capacités, en repousse les frontières, en cherche les limites. Et maintient le fragile équilibre qui lui permet d'être celle qu'elle est.

Équilibre qui, qu'elle le veuille ou non, passe nécessairement par *Lui*...

**

Sans doute lui a-t-il soufflé son nom dans un murmure, le jour où elle a découvert qu'elle l'abritait en elle, silencieux, mais, prêt à intervenir au moindre de ses appels, au plus petit signe de danger. Il la protège, elle le sait. Elle est consciente qu'il est la seule explication au fait qu'elle ait maintes fois échappé aux risques souvent extrêmes auxquels l'exposent ses débordements. Mais elle ne sait rien de lui, ne connaît rien ni de ses origines, ni de ses buts. Elle essaie de le comprendre, semble parfois parvenir à le maîtriser, dans ces moments où elle découvre que son étendue dépasse tout ce qu'elle imagine. Puis il lui échappe à nouveau.

Elle ne connaît que son nom.

Le *Fleuve*.

Et les effets de sa colère...

**

Depuis qu'elle a cinq ans, elle voue une passion sans limite à l'équitation. Elle est inscrite dans un club et fait l'admiration de ses professeurs. Tous soulignent sa façon de monter, innée, instinctive. Plus encore on remarque cette communion particulière qu'elle instaure avec tous les chevaux qu'elle approche, cette confiance immédiate qu'ils semblent lui accorder. Le seul regret de ses instructeurs vient du fait qu'elle accorde si peu d'attention aux cours de théorie : Elle est l'une des meilleures cavalières du club, mais il est inutile de l'interroger sur la couleur de tel animal ou sur le nom des différentes parties de son corps, à moins d'éprouver une réelle passion pour les haussements d'épaules et les sourires innocents qu'elle distribue à volonté sitôt qu'on essaie de lui inculquer la moindre leçon. Elle a certes consenti à sacrifier au passage de ces « Galops » auxquels tous semblent accorder une importance capitale, mais elle reste convaincue que ces termes techniques ne présentent aucun intérêt et ne peuvent que nuire au plaisir simple des heures qu'elle partage avec les chevaux.

Comme chaque mercredi, elle termine son cours. Elle a passé prés de trois heures dans la carrière du club hippique et a de nouveau fait la preuve éclatante de ses talents : le triple oxer qu'elle a réussi en fin de parcours a laissé sa monitrice sans voix. Elle marche à quelques mètres des autres élèves, laissant traîner l'extrémité de sa cravache qui dessine une série de vagues sur le sable du chemin. Ses jambes sont douloureuses et sa fatigue est réelle. Mais le bonheur est là, total, évident.

Elle fait encore quelques pas. Son sac se balance doucement sur son épaule. Et soudain, son regard s'obscurcit.

Avec cette acuité incomparable qui fait intégralement partie d'elle, elle perçoit l'événement au moment même où il se produit. Elle ressent, comme si elle en était la victime, la piqûre de l'insecte qui vient de se poser sur la croupe du cheval épuisé, juste à coté du manège couvert. Elle devine l'onde de douleur qui se répand dans les artères et la vague de fureur qui envahit chaque cellule, mélange de surprise et de peur. Elle sent la tension imposée à la corde tressée du licol et les fibres qui cèdent, une à une, dans une série de craquements. La colère qui prend le contrôle et six cent kilos de muscles qui propulsent le cheval sans but sur le chemin. Elle avait deviné sa course avant même qu'il ne s'élance.

Le fracas des sabots envahit l'espace et fait trembler le sol. Les enfants qui marchent devant elle s'éloignent en courant de l'axe du chemin sur lequel l'animal semble guider sa course. Loin, très loin, elle entend le cri de la jeune monitrice qui tente de regrouper ses élèves : *Xena, lève-toi de là, LEVE-TOI DE LA !!!* Elle a lâché sa cravache et laissé son sac glisser sur le sol. Elle se tourne vers l'animal qui se rue dans sa direction.

Et cela se produit à l'instant où les yeux du cheval croisent le regard couleur de ciel. Comme tiré en arrière par des rênes invisibles, il stoppe net. Les sabots dérapent sur la terre asséchée du chemin, soulevant un nuage de poussière qui vient recouvrir d'un manteau invisible le cuir de la peau en sueur. L'animal s'immobilise à quelques mètres d'elle, tête basse, yeux au sol.

Les témoins de la scène courent déjà vers elle. Lorsqu'ils auront retrouvé suffisamment de calme pour raconter ce qu'ils croient avoir vu, ils parleront d'une *chance extraordinaire*, d'un *véritable miracle*. Elle ne leur accorde aucune attention. Une larme roule doucement sur sa joue. Ils la mettront sur le compte de la peur. Comment pourraient-ils savoir ?...

A l'instant où le cheval s'est élancé, elle a senti les flots du *Fleuve* se déverser dans ses veines. Comme chaque fois, son univers s'est vidé de tout sentiment de peur, repoussé par le calme d'une incontournable certitude. Dans un silence fait de mille sons, la voix du *Fleuve* s'est faite murmure, éclairant les images du monde, libérant ses mouvements. Elle a levé les yeux. Et l'a laissé parler. Elle savait que le cheval allait s'arrêter. Elle savait que *Le Fleuve* l'arrêterait. Elle n'a jamais eu le plus petit doute. Ce à quoi elle ne s'attendait pas, c'est l'expression qu'elle a lue dans le regard de l'animal, durant la fraction de seconde où ses yeux ont croisé les siens. Une terreur absolue, sans fin, sans limite. Une peur trop entière, trop profonde pour appartenir à ce monde.

C'est pour ça qu'elle pleure.

Elle s'éloigne de ses camarades et s'approche à pas lents du cheval, toujours immobile au milieu du chemin. Elle pose sa main sur la croupe qu'elle caresse doucement. Peu à peu, elle sent la peur reculer, les muscles se détendre et les premiers mouvements réapparaître. Elle se dresse alors sur la pointe des pieds, approche sa bouche au plus prés de son oreille. Une dernière larme glisse de ses yeux. Un murmure que lui seul peut entendre :

- « Pardon… »

**

Elle atteint la porte qui s'ouvre sur son école.

Comme elle le fait chaque jour, elle accorde encore un instant à ce monde et tourne distraitement la tête pour sourire au vieux rosier qui appuie ses branches mortes contre le mur de la cantine. Elle se dit qu'elle aurait aimé le voir, il y a quelques années, quand il était encore vivant et offrait au regard des élèves le vert puissant de ses feuilles et l'éclat rouge de ses fleurs. Qu'il devait être tellement beau alors…

Puis elle passe la porte.

Dans la cour, ses amies lui font un signe de la main, la pressant de les rejoindre pour profiter avec elles d'un dernier jeu avant que la sonnerie ne les appelle. Elle les rejoint, impatiente, et comme seul un enfant sait le faire, accordant au temps présent l'intégralité de son attention, elle oublie ses pensées et ses doutes s'envolent sur un souffle du vent.

Elle est une petite fille, une petite fille comme les autres.

Jeudi 04 avril... 19h47

Elle entre dans la salle de bains. Elle saisit distraitement sa brosse à dents et le tube de dentifrice sur l'étagère qui surplombe la baignoire. Lorsqu'elle s'avance vers le lavabo, elle se retrouve face au grand miroir qui lui renvoie son image. Elle se perd un instant dans l'observation de sa veste de pyjama, sortie miraculeusement indemne du repas qu'elle vient de terminer sur un score tout à fait honorable : Une assiette renversée après seulement sept secondes de présence à table, un verre dont le soudain désir d'indépendance s'est brutalement heurté aux lois incontournables (et humides, pour l'occasion) de la pesanteur et un très original triple saut de sa petite cuillère dont la parfaite exécution a, semble-t-il échappé au jugement pourtant expert de ses parents. Exploits qui sont à l'origine de son arrivée prématurée et solitaire dans la salle de bains.

Elle expédie son brossage de dents avec un désintérêt total pour les futures caries qu'on ne cesse de lui promettre et se fixe devant le reflet du miroir. Elle ferme les yeux alors qu'un sourire se dessine sur ses traits, éclairant son visage. Ses paupières s'entrouvrent, pupilles rétrécies en un filament bleu.

Et le *Fleuve* murmure.

Le temps laisse s'enfuir quelques secondes, suspendu au léger filament qui s'échappe de ses yeux, puis les premières couleurs - *bleu* - apparaissent sur l'image de verre. Elles s'épaississent, affirmant peu à peu leur texture et poursuivent la lente conquête du miroir qu'elles remplissent de nébuleuses éphémères. Quelques secondes encore, elle ouvre un peu plus les yeux. Les flots du *Fleuve* s'affirment. Les premières étoiles s'éclairent, auréoles scintillantes qui se consument en explosions silencieuses. Bientôt, le miroir devient trop étroit pour abriter le ciel - *bleu* - qui s'y déverse et les ouragans de lumière qui se succèdent franchissent les frontières de son cadre pour envahir les murs qui le portent. La pièce tout entière accueille la puissance électrique du *Fleuve*. Les cloisons se couvrent de constellations qui naissent et meurent en spirales de soleils et d'étoiles. Les murs s'étirent, prêts à exploser sous les tempêtes de couleurs - *bleu, bleu, bleu* - qui déchirent ces univers dans le silence le plus assourdissant. Elle est au centre de ces galaxies de lumières. Elle crée et détruit ces mondes. Elle est l'origine, l'équilibre et la fin. Elle est le *Fleuve*.

Le bruit inaudible d'un mouvement lointain dans une autre pièce, dans un autre monde. Elle ferme les yeux. Les derniers mots du *Fleuve* se perdent en un ultime rayonnement, les murs s'éclairent une fois encore sous les assauts de lumière qu'elle leur a offerte, puis la magie s'éteint. Elle écarte de la main une mèche blonde qui glisse sur son front et se tourne lentement vers la porte.

Son sourire, lui, reste accroché pour quelques secondes encore au reflet du miroir.

Jeudi 04 avril... 20h11

Rituel immuable, avec une minutieuse attention, elle place une à une ses peluches autour d'elle. La jument grise et son poulain dorment au pied du lit, l'ours jaune aux yeux immenses est appuyé contre le mur, sur sa droite, et le grand tigre blanc qu'elle a toujours préféré à tout autre oreiller veille en silence sur les première ombres de son sommeil. Elle pose sa tête entre les larges pattes, profitant de la caresse des poils sur ses joues. Elle serre dans ses mains la petite grenouille verte, compagne irremplaçable de chacune de ses nuits.

L'obscurité envahit la pièce. Les murs sombres l'entourent d'un manteau de silence, quotidien, rassurant. Elle est dans sa chambre, son univers. Elle se détend, sa respiration ralentit. Elle ferme les yeux. En équilibre entre deux mondes, elle choisit celui de la nuit, discernant déjà les premières lueurs de ses rêves.

Elle se laisse glisser lentement vers la frontière qui la sépare encore du sommeil.

Et à l'instant où elle l'atteint, elle entend la voix du vieux monsieur qui l'appelle...

AILLEURS

BIENVENUE DANS CE MONDE

La première idée qui lui vint à l'esprit, avant même d'ouvrir les yeux, fut qu'elle ne risquait absolument rien. Elle n'était plus dans son lit, c'était une évidence et elle n'avait pas la moindre idée de l'endroit où elle se trouvait. Mais tous ses sens lui affirmaient avec certitude que ce lieu ne présentait pas la plus petite trace de danger. La question de savoir comment elle avait pu quitter sa chambre pour se retrouver ici lui semblait, pour le moment, parfaitement secondaire. Le temps et l'espace lui paraissaient occuper exactement la place qui leur revenait et elle ne ressentait aucun besoin de se poser des questions dont elle jugeait les réponses sans intérêt.

Elle décida de garder les yeux fermés et de laisser à ses autres sens le soin de lui faire découvrir son environnement. L'air était d'une pureté absolue. Elle associa sans difficulté l'odeur discrète qui flottait autour d'elle aux picotements qu'elle ressentait sous sa nuque et le long de ses bras : Elle était allongée dans l'herbe. Une brise légère murmurait dans le silence et faisait danser ses cheveux sur son front. Lointaine, la mélodie discrète d'un oiseau solitaire lui confirma que ce monde était vivant. Sous ses paupières toujours fermées, elle devinait la lumière du jour et la douce chaleur du soleil qui n'en était sans doute qu'à ses premières heures.

Elle inspira longuement, laissant aux secondes le loisir d'effeuiller quelques pages du temps, puis entrouvrit les yeux.

Le ciel tout entier sembla se déverser dans son regard, la forçant à plisser les paupières. Elle s'habitua peu à peu à la clarté du matin qui l'accueillait et, toujours allongée, explora les limites de ce nouvel univers. Sur sa gauche, à l'extrémité de son champ de vision, elle devina plus qu'elle ne vit la blancheur éclatante d'une branche couverte de fleurs.

Elle prit appui sur un coude et se redressa lentement. Découpant l'horizon de leurs lignes obliques, une couronne de montagnes, parées du vert profond d'épaisses forêts, dressait ses sommets blanchis par la neige à des hauteurs qu'elle jugea vertigineuses. Le cerisier qui protégeait la clairière dans laquelle elle se découvrait maintenant était beaucoup plus grand qu'elle ne l'avait imaginé. L'air lui apportait le parfum de la multitude de fleurs qui le couvraient.

Elle tourna la tête, ses jambes toujours allongées. Une forêt de sapins dressait sur sa droite un gigantesque mur d'un vert sombre que même la lumière du soleil ne semblait pouvoir percer. Face à elle, une trouée s'ouvrait sur un contrefort de granit gris, dont les perles de quartz volaient au soleil des éclats de diamant.

Au premier plan, assis sur un banc de pierre, le vieux monsieur souriait.

**

Il était habillé d'une tunique blanche couvrant un pantalon flottant. Ses longs cheveux, tirés en arrière et réunis en queue de cheval, avaient la blancheur des nuages et découvraient son large front. Si les rides profondes qui creusaient son visage témoignaient du passage des ans, ses yeux brillaient d'une surprenante jeunesse. Sa voix profonde et grave s'éleva sans troubler son sourire.

- « Bienvenue dans ce monde, Chevalière. Mon nom est Mayerlin. Je suis le Magicien du Royaume de Mégis. »

Elle le regardait en silence, essayant de choisir entre les cent questions qui lui venaient à l'esprit. Dans le torrent de ses réflexions se glissa l'idée qu'elle comprenait parfaitement ce que disait le vieil homme. Elle aurait été incapable de traduire le moindre mot, mais le sens de ses propos lui était aussi clair que si il s'était exprimé dans sa langue maternelle. Elle accepta le fait. Elle entrouvrit la bouche, bien décidée à s'adresser au Magicien, mais l'écho de la forêt prit la parole à sa place.

Les arbres avaient emprisonné le chant lourd des sabots jusqu'à ce que le cavalier échappe à leur silence. Il surgit dans la clairière et dut tirer fermement sur les rênes de son cheval pour le forcer à ralentir. Elle était toujours assise dans l'herbe, presque invisible dans l'ombre du grand cerisier. Elle prit le temps d'observer le nouveau venu alors qu'il dirigeait sa monture vers le banc de pierre. Il était jeune et ses longs cheveux noirs flottaient dans un fier désordre sur ses larges épaules.

- « Je t'ai enfin trouvé, Mayerlin, » lança-t-il à l'attention du vieil homme. « Mon père te demande de le rejoindre au plus vite. La situation semble s'être encore dégradée sur le plateau des Hautes-Pierres. »

Le ton était neutre et contenu, la voix calme. Il lui sembla cependant que son apparente maîtrise résultait plus d'un long apprentissage que de sa nature même. Sous ses mots choisis avec soin brûlait la fougue de sa jeunesse. Il jeta un regard rapide autour de lui et ne parvint pas à dissimuler l'éclair de surprise qui brilla dans ses yeux lorsqu'il l'aperçut. Il se pencha vers le Magicien et sa voix se fit murmure.

- « Que fait le Magicien du Royaume en compagnie d'une *Daïlane* ? » demanda-t-il dans un souffle.

Peu de choses pouvaient échapper au *Fleuve*. Il porta jusqu'à sa maîtresse ce mot dont le sens lui échappa. Mais le dard de l'insulte la piqua comme l'aurait fait une abeille et elle sentit monter en elle une vague de colère qu'elle ne put réprimer. Le ciel déversa dans ses yeux une vague d'un bleu sans fin. Et le *Fleuve* s'exprima pour la première fois dans ce monde.

**

Le souffle du Rayon s'éleva dans les aigus, vif et léger comme une gifle du vent. Puis elle l'aperçut, éclat fugitif d'un bleu aveuglant qui se tendit comme un trait vers sa cible. Il disparût aussitôt, fantôme de couleur, laissant l'air lui dérober un dernier reflet avant de le rendre à sa parfaite transparence. A l'instant où l'éclair l'atteignit, le jeune homme fut arraché de sa selle, abandonnant ses étriers. Projeté en arrière, ses bras battirent l'air durant quelques secondes, avant qu'il ne retrouve dans un douloureux désordre le contact avec l'herbe de la prairie.

Ils étaient assis dans une position similaire à quelques pas l'un de l'autre. Il la fixait, bouche ouverte, hésitant entre surprise et douleur. La colère éclairait d'un feu aveuglant les pupilles couleur de ciel. Lorsqu'elle ouvrit un peu plus les paupières, il se dit que l'éclat du soleil n'était que peu de chose comparé au torrent de lumière qui s'échappait de ses yeux.

Sauf que cette lumière était… *Bleue !!!*...

Il tourna vers Mayerlin son regard que l'espoir venait d'envahir.
Bleue… La couleur de Mégis…
Bleue… La couleur de La Prophétie…

Dans le sourire qui accompagna ses mots, le Magicien effaça ses derniers doutes.

- « Mon Prince, je vous présente La Chevalière. »

**

Le jeune homme se redressait déjà. Si l'idée qu'il put lui en vouloir traversa brièvement l'esprit de Xena, elle l'abandonna en le voyant approcher. Le Prince lui souriait et sa main prit la sienne pour l'aider à se lever. Lorsqu'elle fut debout, il mit un genou à terre. Il ne la dépassait plus que de quelques centimètres. Elle se redressa autant qu'elle le put, poussant sur la pointe de ses pieds pour se hisser à la hauteur de son regard tout en essayant de ne rien laisser paraître de sa manœuvre d'agrandissement. Elle avait beau n'avoir que dix ans, elle n'en éprouvait pas moins une attirance naissante pour le charme masculin, charme dont le Prince était loin d'être dépourvu. Elle lui adressa un sourire dans lequel le *Fleuve* glissa les couleurs du ciel et qui le déstabilisa durant quelques secondes.

- « Je suis le Prince Roland, fils de Roland le Sage, Roi de Mégis » réussit-il enfin à lui dire avec une déférence dont le sérieux exagéré trahissait un apprentissage récent. « Je te dois des excuses, Chevalière et je te prie de les accepter. Mais par tous les Trolls des forêts de Mégis… » son sourire s'élargit et lui rendit les traits de l'enfant qu'il était encore il y a peu alors que sa voix retrouvait pour un temps l'enthousiasme de sa jeunesse « …Comment as-tu fait cela ?... »

Elle aurait donné beaucoup pour connaître la réponse à cette question. Au classement de toutes celles qui envahissaient son esprit, celle-ci figurait dans les premières places. Elle s'apprêtait à révéler à Roland qu'elle n'en savait pas plus que lui sur le sujet, lorsque la voix grave de Mayerlin s'éleva dans le silence.

- « Mon Prince, nous avons un long chemin à faire pour rejoindre le Château de votre Père. Nous devrions partir dés maintenant. *Neige* t'accompagnera durant ce voyage, Chevalière. »

- « *Neige* ?... »

Elle eut juste le temps de se dire qu'elle venait de prononcer son premier mot depuis son arrivée dans ce monde. Toujours ce langage *connu-inconnu* que, semble-t-il, elle parlait tout aussi facilement qu'elle le comprenait. Une question de plus sur sa liste.

Le vieil homme avait levé la main, désignant de son doigt un point qui se trouvait derrière elle.

Elle se tourna.

Devant elle se tenait *Neige*…

**

Une phrase sans doute tirée des quelques rares cours de théorie auxquels elle avait bien voulu accorder un semblant d'attention lui revint en mémoire : « Un cheval entièrement blanc n'existe pas ». Cette loi était peut-être valable dans *son* monde, mais pas dans celui-ci. Elle eu beau observer la jument dans ses moindres détails, elle ne décela pas la plus petite trace sombre. *Neige* était fine et de taille moyenne, mais les muscles qui se dessinaient sous sa robe immaculée trahissaient la puissance et l'énergie d'un animal né pour la course. Sur son dos, une selle noire, piquée de clous d'argent, renvoyait les reflets du jour naissant. Les rênes du même cuir reposaient sur son encolure.

Elle était incapable de bouger. Sans quitter des yeux la jument, elle s'adressa à Mayerlin d'une voix qui lui parût venir de très loin.

- « Elle est... pour moi ?... »

- « *Neige* te mènera jusqu'au Château de Mégis, Chevalière. Vous déciderez ensuite si vos chemins doivent se suivre ou se séparer » répondit le vieil homme.

Elle s'accorda le temps de juger que ses jambes toujours incertaines pouvaient de nouveau lui permettre de se déplacer puis se mit en mouvement. En passant prés de la jument, elle laissa sa main courir sur la robe blanche. La douceur se joignit à la fougue et une onde de chaleur traversa son bras jusqu'à l'épaule. *Neige* frappa le sol et hennit, acceptant la caresse de sa jeune cavalière. Avec l'aisance d'une grande habitude, elle souleva le pan de cuir et régla la longueur des étriers, puis elle se hissa avec légèreté sur la selle. Elle semblait avoir été faite pour elle.

Elle saisit les rênes et chercha des yeux le Magicien. Il était juché sur un gigantesque cheval baie. Elle analysa en un instant l'impression de surprise que cette image avait fait naître en elle : elle n'avait pas décelé le moindre mouvement en provenance du vieil homme. Quelle que soit l'attention fascinée qu'elle avait accordée à *Neige* durant les minutes précédentes, elle connaissait l'acuité de ses sens et elle ne pensait pas avoir été suffisamment absorbée pour que le monde qui l'entourait lui échappe à ce point. Pas le plus petit bruit, pas la moindre sensation du plus infime mouvement. Contrairement à ce que lui montraient ses yeux, son esprit continuait à lui affirmer que Mayerlin *aurait du* se trouver assis sur son banc. Elle enregistra l'information et la classa quelque part dans sa mémoire.

Magicien…

Talonnant les flancs de *Neige*, elle mit la jument au pas et passa devant Roland qui reprenait place sur son propre cheval. Dans le regard qu'ils échangèrent, ils reconnurent ensemble le défi silencieux qu'ils se lançaient et l'acceptèrent dans un sourire. Ce serait pour plus tard.

Sous la conduite du Magicien, ils entrèrent dans l'ombre de la forêt.

LA PROPHETIE

Sitôt qu'ils eurent franchi la frontière des premiers arbres, Mayerlin se porta à sa hauteur. La taille impressionnante de son cheval l'obligea à d'inconfortables contorsions lorsqu'elle essaya de trouver le regard du vieil homme. « Il est temps que je t'explique dans quelle situation se trouve le Royaume, Chevalière » lui dit-il. Et il débuta son récit.

- « Il y a bien longtemps, avant même la naissance du Royaume, de formidables tensions animaient les terres sur lesquelles nous nous trouvons. Les tribus qui s'y côtoyaient étaient incapables de s'entendre et se déchiraient dans des guerres violentes et interminables. Au cœur de ce tumulte naquit un homme, Roland le Brave, qui allait devenir le premier Roi de Mégis et le fondateur du Royaume. A la tête d'une armée puissante et fidèle, il soumit une à une les tribus belliqueuses. Plutôt que de chercher à les dominer, il eut ensuite la sagesse de réunir les chefs de chaque clan et après d'interminables négociations, il parvint à leur faire adopter le traité de Mégis, qui donnait naissance au Royaume et offrait la paix à ses sujets. Roland le Brave eut un fils, Roland le Fort, qui renforça les frontières du Royaume de son père et mit fin aux attaques de ses voisins, attirés par les richesses et les connaissances de Mégis. Puis vint le règne de Roland le Bâtisseur, qui construisit le Château de Mégis et offrit à son pays, nombres de routes et de bâtiments qui s'y trouvent encore. Son fils, Roland le Grand, continua d'enrichir son peuple et réussit à faire respecter le Pacte, malgré les divergences des six tribus unifiées. Il donna naissance à Rolande le Sage, qui est aujourd'hui notre Roi.

« Le début de son règne se déroula sans heurt et il put se consacrer avec ferveur au bien-être de ses sujets et à la grandeur du Royaume. Mais il y a quelques mois, les premières tensions apparurent entre les deux tribus des Hautes-Pierres. La première est constituée du peuple des Hauts-Vivants. Ce sont des bûcherons, qui vivent sur les hauts plateaux et exploitent les forêts de la Montagne Noire. Ils sont aussi les gardiens de la Source des Fées qui abreuve le fleuve qui traverse la vallée, avant de se jeter dans la Mer des Reflets. Les Hauts-Vivants sont de solides travailleurs, habitués à la rigueur de la vie en montagne. Leur chef est le Prince Mordar, colosse rude et belliqueux qui dirige son peuple par la force et n'accepte que difficilement de se soumettre au Roi Roland. La seconde tribu est celle des Pêcheurs, qui occupent la partie basse de la vallée et vivent des ressources de la mer qui la borde. Ils utilisent l'eau douce du fleuve issu de la Source des Fées pour irriguer les terres arides des plateaux inférieurs sur lesquels ils ont installé leurs cultures. Rieurs et exubérants, bien que travailleurs acharnés, ils ne prennent presque rien au sérieux et considèrent leurs austères voisins comme des êtres ennuyeux et sans intérêt. Ils obéissent à la Princesse Cillia, femme intelligente et cultivée, qui règne avec bonheur et amusement sur ses sujets agités. Elle a toujours été fidèle au Roi Roland et n'a jamais caché son aversion à l'égard de Mordar.

« Un équilibre précaire se maintenait depuis des générations entre les deux peuples, renforcé par la surveillance des émissaires de Mégis, jusqu'à ce que Mordar décide de le rompre. Pour des raisons qui restent obscures, le Prince a annoncé qu'il ferait désormais payer au peuple des Pêcheurs une taxe sur l'eau du fleuve. Il a fait savoir que l'entretien de la Source des Fées constituait pour ses hommes une charge de travail qu'il était temps de rétribuer. La Princesse Cillia s'est bien entendu opposée à cette décision et a fait appel au Roi Roland pour l'appuyer dans sa démarche, mais rien n'y a fait. Au cours des derniers mois, les diplomates du Royaume se sont succédé auprès de Mordar sans qu'aucun ne puisse lui faire entendre raison. Il y quelques semaines, Mordar a envoyé un ultimatum au peuple des Pêcheurs. Cillia a répondu qu'elle n'en tiendrait aucun compte. Mordar a alors fermé la source, faisant baisser le niveau du fleuve de plusieurs mètres au risque de priver la vallée d'eau douce. Les Pêcheurs ont immédiatement réagi et Cillia a informé Mordar que si il renouvelait cette expérience, son armée irait elle-même libérer la source et s'assurerait que son cours ne serait plus jamais entravé par qui que ce soit.

« Ces tensions seraient déjà extrêmement préoccupantes si elles ne concerneraient que les deux tribus des Hautes-Pierres, mais les autres clans du Royaume prendront tôt ou tard le parti de l'un ou l'autre des opposants, et la menace d'un possible conflit dans tout le pays pèse désormais sur les épaules de Roland. Plus grave encore, nos voisins nous observent au-delà de nos frontières et certains d'entre eux pourraient bien profiter de cette situation pour nous envahir comme ils l'ont fait autrefois. Dans ce contexte, le Roi Roland est condamné à une extrême prudence, partagé entre sa volonté de mettre un terme à ce conflit et sa crainte qu'une intervention de sa part provoque un embrasement de tout le Royaume. »

Elle écouta le récit de Mayerlin avec la plus grande attention. Elle s'apprêtait à l'interroger, mais une fois de plus le vieil homme parut deviner sa question et y répondit avant qu'elle ne prononce le moindre mot.

- « Avant de quitter ce monde et de rejoindre celui où l'attendaient ses ancêtres, Roland le Brave fit venir à son chevet son jeune magicien et lui demanda de retranscrire ses derniers mots dans les manuscrits du Royaume : *La paix que nous avons instaurée ne durera qu'un temps, lui dit-il. Un jour viendra où la guerre menacera de nouveau les peuples de Mégis. Les tribus se soulèveront les unes contre les autres et le sang souillera une fois de plus les terres fertiles que nous avons unifiées. Rien n'arrête la folie des hommes et le temps est l'allié de la rancœur qui emplit le cœur de ceux qui vénèrent la violence et la guerre. La chaleur de la paix brille aujourd'hui sur les terres de Mégis, mais elle est plus fragile que le souffle d'un vent d'été et demain, les cris des batailles la chasseront comme on repousse un souvenir sans importance. Alors viendra La Chevalière. Elle seule pourra apporter à ce monde la certitude d'une paix durable. Lorsque l'épée sortira de nouveau du fourreau, vous devrez la trouver et déposer entre ses mains l'avenir du Royaume. Transmets à mon fils le secret de cette Prophétie, Magicien, et au fils de mon fils et au fils de son fils, les mêmes mots pour le même destin, afin que vous soyez prêts lorsque les temps seront venus.* »

Elle fit rapidement le calcul des générations et se tordit une fois de plus le cou à la recherche du regard du vieil homme.

- « Et ce magicien était le père de votre père » lança-t-elle, plagiant volontairement le langage du conteur.

Mayerlin la toisa du haut de son immense monture.

- « J'ai conservé dans ma mémoire chacun des mots que m'a dit mon Roi au crépuscule de sa vie, Chevalière. De chaque blessure de Roland le Fort revenant de ses glorieuses batailles aux nuits sans sommeil de son fils, esquissant les plans du Château qu'il dessinait aux couleurs de ses rêves, je n'ai rien oublié ni des joies ni des peines de chacun des Rois de Mégis, du premier de leur jour, à leur dernier regard. Mais aussi loin que je me souvienne, je n'ai jamais eu de père... »

Il lui adressa un sourire dans lequel se cachait l'ombre de ses secrets, puis talonna son cheval et rejoignit celui du Prince, laissant à La Chevalière le soin de répondre à ses propres questions.

Elle prit le rythme de ses compagnons sans chercher à les rattraper. Autour d'elle, les arbres étiraient leur sommet dans un entrelacs de branches qui ne laissaient à la lumière que de rares et étroits passages, qu'elle empruntait pourtant avec son éternelle avidité. L'odeur puissante des résines mêlées envoûtait l'air et libérait l'esprit, l'ouvrant aux mystères de l'ombre et de ses secrets. Le souffle du vent jouait dans les épines des sapins une musique sourde qui étouffait parfois le battement régulier des sabots sur le sol rocailleux du chemin.

La danse de la forêt accompagnait le balancement des chevaux et le voyage des cavaliers.

DEFI

Ils arrivèrent à la lisière de la forêt. Rejetant son manteau d'ombre, le ciel s'ouvrit sur une vaste plaine. Sur leur droite, un premier escarpement annonçait la naissance de sommets qui dansaient dans les brumes lointaines. A gauche, le sol s'inclinait en pente douce avant de plonger vers une vallée luxuriante qui exhibait le vert profond de cèdres millénaires jusqu'à ce que les regards s'y perdent. Au loin, on distinguait les reflets d'un cours d'eau qui coulait au creux de la vallée. Face à eux, tracé par le cordeau du temps, un chemin traversait le plateau sur toute sa longueur et finissait sa course au pied d'un arbre unique, qui découpait l'horizon de ses branches noueuses et dont l'éloignement ne suffisait pas à dissimuler les proportions gigantesques. Le soleil, déjà haut dans le ciel, figeait les reflets en immobiles esquisses.

Les deux jeunes cavaliers n'eurent pour seul signal que le regard qu'ils échangèrent en découvrant l'espace qui s'ouvrait devant eux. Le Prince relâcha la tension qu'il maintenait sur les rênes et talonna fermement son cheval qui se rua sur le chemin dans un nuage de poussière. Xena n'eut pas à intervenir : Devinant l'ordre avant qu'il ne fut donné, *Neige* se lança à la poursuite du cheval de Roland, manquant de désarçonner sa cavalière. Elle se rattrapa au pommeau d'argent de la selle et se hissant sur les étriers, raffermit sa position. Après quelques mètres, elle retrouva sa place et s'accorda au rythme de la jument.

Le cheval de Roland était plus puissant mais *Neige* avait l'avantage de la légèreté et de quelques années de moins. Jouant de sa vivacité, elle rattrapa son retard et les deux cavaliers poursuivirent côte à côte leur course à travers la plaine. Elle devinait sans le voir l'horizon qui semblait se ruer vers elle. Les paupières presque closes, elle sentait la caresse du vent glisser sur son visage, jetant ses cheveux en arrière, traînée d'or dans laquelle le soleil faisait danser les reflets de ses rayons. *Neige* avait trouvé son rythme et alignait sur l'axe du chemin ses foulées longues et gracieuses. Sa cavalière s'y accordait comme on suit les pas d'une danse. La première moitié du chemin fut couverte en quelques secondes et les chevaux se lancèrent dans la légère montée qu'amorçait la piste de terre sans qu'aucun n'accepte de laisser le plus petit avantage à l'autre. Après quelques mètres cependant, elle sentit que *Neige* faiblissait. Le Prince démontrait sans laisser place au moindre doute qu'il était un cavalier plus que confirmé. Parfaitement immobile, absorbant chaque choc par le mouvement de ses jambes il prenait peu à peu de l'avance. Elle se pencha alors en avant, disparaissant presque entièrement dans la crinière blanche et posa son visage sur l'encolure de la jument. Ce ne fut qu'un murmure, mais ses mots se mêlèrent à la voix du vent.

- « Vole *Neige*, vole !... Je t'offre la puissance du *Fleuve*, sers-toi de sa force et vole *Neige*, vole !... ».

Elle ouvrit grand les yeux, ignorant les premières larmes que lui dérobait déjà le souffle de la vitesse et laissa couler le *Fleuve*. Se mêlant dans un souffle aux couleurs que lui offrait le ciel, l'air prit une teinte d'un bleu puissant. Le vent lui-même accepta la pureté du regard qu'elle lui offrait et l'emporta dans sa course sans fin. Et *Neige* allongea sa foulée. Ne laissant plus au contact de ses sabots sur le sol que le temps nécessaire à la propulser vers l'avant, elle rattrapa une fois de plus son concurrent. Le monde autour d'elles s'effaça peu à peu et porté par le silence assourdissant du *Fleuve*, le temps se perdit une fois encore dans un éclat de lueur bleue. Elles dépassèrent le cheval du Prince et atteignirent l'ombre des branches assoupies, sous le regard brillant du vieil arbre qui surveillait leur course.

Le Prince l'avait rejointe et se tenait à ses cotés. Son sourire était franc, sans la moindre rancœur et elle y décela l'expérience de celui qui sait que la victoire n'a de saveur qu'au souvenir des échecs qui l'ont précédée. Elle accueillit comme une évidence la naissance d'une amitié sincère et ne fût pas surprise par la joie qu'elle en éprouva.

- « Je monte Vif depuis que mon Père me l'a offert, il y a plus de deux ans. » lui confia-t-il en reprenant son souffle. « Nous avons participé ensemble à de nombreux tournois et nous n'avions jamais été battus. Tu viens de nous offrir notre première défaite, Chevalière, et je suis fier que nous la connaissions face à toi.»

Elle se contenta de lui sourire, repoussant tout sentiment d'une fierté qu'elle n'éprouvait pas, pour se concentrer sur la joie simple et unique qu'elle ressentait. Elle découvrait avec un bonheur sans limite ce sentiment enivrant d'être totalement libre, plus vivante qu'elle ne l'avait jamais été. Elle profita avec avidité de ces secondes, s'accrochant à chacune pour la vivre pleinement. Heureuse, simplement...

Ensemble, ils se tournèrent vers l'autre extrémité du plateau pour y chercher Mayerlin. L'horizon était vide. Ils parcoururent l'espace de leurs regards surpris et scrutèrent les abords de la plaine sans découvrir la moindre trace du Magicien.

- « Lorsque vous en aurez terminé avec l'observation du paysage, nous pourrons peut-être reprendre notre route ? »

Ils sursautèrent d'un même élan en entendant la voix rugueuse du vieil homme. Mayerlin, perché sur son immense monture se tenait au pied du vieil arbre et les observait avec une fausse sévérité. Dans l'esprit de Xena, les pensées se succédèrent avec leur fluidité habituelle : Il était *définitivement* impossible que le vieil homme ait pu les rattraper, encore moins les dépasser sans qu'ils le voient. Impossible... Alors pourquoi acceptait-elle aussi facilement le fait que Mayerlin se trouve devant elle, sans même en être véritablement surprise.

Magicien…

**

Arrachant au silence millénaire des montagnes le murmure d'un battement d'ailes, *Voltigeur* se posa au sommet du Rocher de la Porte. La *Fille aux yeux de ciel* serait bientôt là. Il ne lui restait plus qu'à attendre. Il le savait…

VOYAGE

Ils quittèrent le plateau et s'engagèrent sur un chemin de pierre, étroite corniche qui s'enfuyait sur le flan des massifs qu'ils longeaient. D'interminables falaises soutenaient les sommets enneigés. D'une faille taillée dans le granit, cicatrice vertigineuse marquant le combat sans fin du temps et de la pierre, s'échappait une cascade qui semblait jaillir du ciel, déversant une averse de diamants qu'elle volait au soleil avant de la jeter à la verticale dans un lac invisible. Le fracas de l'eau répondait à son propre écho et emplissait l'espace de son chant éternel. Mayerlin ouvrait la marche, accordant à ses insondables pensées l'essentiel de son attention. Le Prince se porta aux cotés de Xena.

- « Nous traversons les terres de la Tribu des Ombres, » lui dit-il. « Ceux qui vivent ici ne quittent pratiquement jamais le couvert des forêts. Rares sont ceux qui ont pu les voir, encore plus rares ceux qui ont pu partager leurs usages et apprendre leurs coutumes. Ils sont peu enclins aux rencontres et aux échanges, mais leur cœur est des plus pacifiques. Ils n'aspirent qu'à la quiétude de leur vie solitaire et vouent une véritable aversion à la guerre et à toute forme de conflit. Leur clan fut le dernier à se rallier à Roland le Brave et si ils revendiquent aujourd'hui leur appartenance au Royaume, au même titre que les autres peuples qui le composent, ils maintiennent comme unique condition le respect de leur indépendance. Confrontés comme toutes les tribus au poids des tensions qui agitent aujourd'hui le Royaume, ils ont toujours affiché une neutralité parfaite et refusent de prendre un autre parti que celui du Roi légitime.

« L'unique passage permettant l'accès à leurs terres est le Col de la Porte, que nous atteindrons bientôt. Il y a bien longtemps, ils y avaient érigé une gigantesque porte que les récits de nos manuels d'histoire décrivent comme un ouvrage titanesque. Nos savants s'obstinent à remettre son existence en cause, tentant ainsi de dissimuler le fait qu'ils sont toujours incapables d'expliquer comment elle a pu être construite et comment les gardiens de la Tribu des Ombres pouvaient la manœuvrer. Lorsqu'ils se joignirent à Roland, afin de marquer leur reconnaissance à leur nouveau Roi, mais aussi, sans doute, pour éviter que les secrets de leur science ne soient découverts, ils la brûlèrent, symbolisant ainsi leur rattachement au Royaume. On dit que le bois qui la constituait était si dur et ses proportions si démesurées, que le feu qui la consuma fût visible jusqu'aux confins du Royaume et qu'il brûla sans s'essouffler pendant sept jours et sept nuits. La porte finit par être entièrement détruite, mais sa légende a résisté aux flammes du temps et certains affirment que parfois, lorsque la lune s'enfuit pour laisser à l'obscurité la garde de la nuit, on peut encore voir les lueurs de ce feu gigantesque éclairer le sommet du col. »

Elle se laissait porter par le récit du Prince. Ce monde, dont elle ne soupçonnait même pas l'existence quelques heures plus tôt, lui paraissait désormais si familier, elle s'y sentait si présente, si attachée, que tout ce qu'elle pouvait en apprendre la passionnait. Elle n'éprouvait aucun sentiment de rupture, aucune sensation de surprise. La certitude que, pour des raisons qu'elle ne comprenait pas, son passé comme son avenir appartenaient intégralement au Royaume dominait tout. Il lui restait cependant une question à poser.

- « Comment Mayerlin a-t-il su que j'étais La Chevalière ? »

Le jeune homme prit le temps de diriger son cheval vers un passage qu'il jugeait plus sûr.

- « Lorsqu'il eut recueilli les dernières paroles de Roland, Mayerlin se hâta de les retranscrire dans les manuscrits du Royaume et de les présenter à son Roi. » répondit-il enfin. « Roland avait déjà entamé la longue marche qui le menait jusqu'à la demeure de ses ancêtres, mais après avoir lu les lignes que le

Magicien venait d'écrire, il demanda qu'on lui apporte une plume. Sa main était celle d'un homme qui sait qu'il va bientôt quitter les siens, mais elle était aussi celle d'un Roi, et elle ne trembla pas alors qu'il ajoutait les derniers mots de sa Prophétie : *Dans ses yeux, le ciel a déposé la pureté de ses couleurs et la force de son immensité. Elle est la maîtresse du Fleuve. Elle est la Princesse bleue.»*

Elle laissa les derniers mots de Roland se perdre dans le silence. Si la simplicité avec laquelle il semblait accepter sa présence la rassurait, le poids de la confiance qu'il mettait en elle ne lui échappait pas. Elle rejeta sa peur dans un sourire et décida de laisser au temps le soin de dissiper ses doutes. Elle apprendrait bientôt que les espoirs du Prince étaient partagés par l'attente de tout un peuple. Elle découvrirait que ce monde l'attendait depuis son premier jour.

Elle saurait pourquoi elle était la Chevalière.

**

La corniche qu'ils suivaient avait disparu, remplacée par une piste étroite qui obliqua bientôt en direction des falaises. Avec l'application d'une nature capricieuse, le chemin se frayait un passage dans l'ancestrale solitude des parois verticales. L'horizon s'évanouit, chassé par l'obscurité d'une gorge étroite et sombre, puis le sol s'inclina vers d'invisibles sommets. Renvoyé par les murs de granit, l'écho des pas des chevaux troublait seul le silence. La pente s'accentua encore avec la visible intention d'échapper au plus vite aux parois qui la maintenaient prisonnière. Par endroit, de rares arbustes suspendus à des troncs torturés accrochaient leurs racines à quelques anfractuosités, trouvant par un prodige dont ils semblaient détenir seuls le secret, d'invisibles chemins vers la terre qui les nourrissait. Les chevaux se suivaient à un pas ralenti par les caprices du sol. Ils se passaient désormais des ordres des cavaliers pour choisir eux même le rythme de leur marche. En quelques mètres, la température céda plusieurs degrés à l'obscurité impatiente.

Peu à peu, le chemin sembla rattraper son retard sur le ciel. Ils suivirent la course d'un dernier lacet, puis le col apparut, large couloir taillé au pied d'une paroi abrupte. D'ancestrales cicatrices couraient dans la pierre, vestiges de la porte de la Tribu des Ombres. Lui faisant face, un rocher aux formes arrondies tentait d'adoucir la rudesse du paysage. A son sommet se tenait *Voltigeur*.

Son envol fut aussi soudain que la course de la foudre au soir d'un ciel d'orage. L'aigle s'éleva dans les airs sans le moindre effort, défiant les courants de ses puissants battements d'ailes. Avec la fluidité du vent, il survola les cavaliers dans le silence le plus absolu, décrivant une large courbe. Il brisa soudain le fil de son vol et, repliant ses ailes, plongea vers eux. A quelques centimètres de *Neige*, il ralentit sa course, ailes entièrement déployées serres tendues vers l'avant et se posa dans un souffle sur le pommeau noir de la selle. Il plongea quelques instants ses yeux jaunes dans les flots bleus du *Fleuve*, puis s'immobilisa.

Elle ne vit pas l'intérêt de troubler le silence. Les choses prenaient leur place, suivant le cours du temps, et l'équilibre qui les maintenait n'avait pas à être remis en question.

Elle porta son regard vers l'horizon.

Et ils franchirent le Col de la Porte.

MEGIS

Devant eux s'ouvrait une large vallée qui s'étendait plus loin que ne portait leur vue. Esquisses à demi effacées par la brume ondulante de l'air qui s'échauffait, une succession de champs aux frontières rectilignes dessinait sur l'immensité du plateau une mosaïque faite de mille couleurs. Le chemin aux lacets étroits glissait vers la plaine avant de laisser place à une large piste de terre qui s'enfuyait en suivant l'axe de la vallée et se perdait là où s'épuisaient les regards. On distinguait un premier village fait de maisons de pierre blanche, couvertes de toits de chaume. Immobiles dans l'immensité des champs, de rares fermes isolées exposaient leurs murs d'ocre à la lumière du soleil. A peine visibles, silhouettes minuscules rayonnant autour des bâtiments, on devinait parfois les mouvements des hommes et des bêtes qui échangeaient contre leurs efforts les fruits de la richesse du sol.

Tranchant avec l'aridité des décors qu'ils venaient de traverser, ce paysage respirait la vie, rassurant leur regard et réconfortant leur cœur.

- « Bienvenue sur les terres de Mégis !.. » s'écria le Prince à l'attention du ciel. « Bienvenue sur les terres du Roi Roland ! »

Dans sa voix brillait la joie de celui qui se sait enfin chez lui, et le souvenir fugitif de son monde traversa un instant l'esprit de Xena. Elle repoussa ces images déjà lointaines et engagea *Neige* sur le chemin.

Les chevaux libérés suivirent la course de la plaine jusqu'à ce que le jour s'éteigne, ne ralentissant qu'à la traversée des villages. *Voltigeur* passait le plus clair de son temps dans les airs, jouant avec les courants du vent. L'aigle semblait n'apprécier que modérément les soubresauts que lui imposait le galop de la jument. Lassé de devoir rectifier sans cesse son équilibre, il préférait confier au ciel le soin de le porter.

Ils ne croisèrent que quelques regards, abrités dans l'ombre des bourgs qu'ils traversèrent. Les hommes étaient aux champs ou dans les ateliers et les femmes tenaient leur maison. Elle sentit pourtant à plusieurs reprises la tension qui pesait sur le pays tout entier. Un groupe d'enfants dont ils interrompirent les jeux bruyants tourna vers eux des yeux dans lesquels l'ombre d'une peur inconnue côtoyait le soleil de la jeunesse. Chacun semblait mettre dans l'accomplissement de ses tâches l'énergie d'un courage rassurant et le réconfort de l'habitude. Mais la peur était dans chaque geste et la crainte de la guerre hantait chaque esprit. Là-bas, sur les plateaux des Hautes-Pierres, les menaces répondaient aux menaces.

**

La nuit prenait peu à peu possession du Royaume lorsqu'ils atteignirent la Cité de Roland.

Mégis leur apparut, érigeant ses contours dans les derniers murmures du crépuscule. Au-delà des murs d'enceinte, les éclats hésitants des flammes qui brillaient aux fenêtres faisaient danser sur les murs sombres des farandoles d'ombres. Les arêtes tranchantes des toits se dessinaient encore sur l'horizon qui persistait dans un dernier effort à lutter contre la nuit. Plus loin, égarant la crête de ses tours aux frontières du ciel, la formidable silhouette du Château de Mégis dominait la ville, sombre et rassurante. Gardien éternel du Royaume et de ses habitants, il dressait ses murailles vers les sommets de la nuit, comme s'il avait voulu se joindre aux étoiles.

Ils atteignirent les abords de la ville et se dirigèrent vers une arche de pierre qui s'ouvrait au sein des remparts. Les gardes qui en interdisaient l'entrée étaient armés de lances et portaient au coté une longue épée recourbée dont l'acier volait parfois un éclair aux dernières lueurs du jour. Certains tenaient sur le bras une lourde arbalète armée de deux flèches parallèles. La corde tendue, maintenue par un crochet de fer, n'attendait qu'une simple pression sur une détente fragile pour libérer ses projectiles. L'officier qui commandait la garnison reconnut sans peine Mayerlin et Roland. Il transmit ses ordres d'un simple geste et les soldats se répartirent de chaque coté de la porte, accompagnant le passage du Magicien et du Prince.

Et elle entra dans Mégis.

MAURICE

La rue dans laquelle ils s'engagèrent était éclairée par de hauts réverbères dans lesquels dansait la ronde des flammes. Les chevaux avançaient au pas vers un mur sans fenêtre, façade arrière d'une grande bâtisse. La rue tournait ensuite vers la droite pour rejoindre le centre de la cité. Sur leur gauche, le mur sans relief d'un long bâtiment masquait l'arrivée discrète d'une ruelle étroite.

Elle devina la course de l'enfant et de l'homme qui le poursuivait bien avant de les voir ou de les entendre. Elle sentit la peur du jeune garçon et la colère de l'adulte aussi intimement que si elle était à la fois le fugitif et le poursuivant. Elle tira sur les rênes et fit stopper *Neige* quelques instants avant que l'écho de la ruelle ne lui renvoie le bruit de leurs pas. Mayerlin et Roland avançaient toujours lorsque l'enfant jaillit devant eux, hors d'haleine. Il fit encore quelques pas, sans ralentir sa course, puis devina l'ombre blanche de la jument. Il tourna son regard vers elle et la fixa un instant de trop. Privés de l'aide de ses yeux, ses pieds s'emmêlèrent et il s'étala de tout son long sur le sol de terre qui l'accueillit dans un nuage de poussière. La pomme qu'il tenait dans sa main lui échappa et disparut dans l'ombre de la rue. L'homme surgit à son tour de la ruelle. Il ralentit en apercevant le jeune garçon et tendit devant lui l'arbalète qu'il tenait dans la main, dirigeant vers l'enfant la pointe meurtrière de l'arme.

Le cri de Xena se propagea dans la rue, répercuté par l'écho des murs assourdis de silence : « *NON !..* »

Le geste de l'homme fut un simple réflexe, certainement involontaire. Il tourna d'un même élan son regard et l'arbalète dans la direction de la voix et son doigt pressa la détente. La courte flèche jaillit vers sa cible. Elle se jeta en arrière, consciente qu'il était sans doute trop tard.

Voltigeur s'était déjà propulsé vers l'avant.

**

Avant même que la flèche n'ait quitté la rainure de l'arme, l'aigle fut sur sa trajectoire. Il n'avait qu'une fraction de seconde pour réaliser sa manœuvre, mais c'était plus que ce qu'il lui en fallait. Il inclina son corps sur le coté, l'une de ses ailes à la verticale. La pointe d'acier ne put y arracher qu'une unique plume. Dans le même mouvement, il lança sa tête vers le bas. Le bec puissant se referma sur la hampe de bois et ne la lâcha plus. *Voltigeur* recula d'un bon mètre, emporté par la vitesse du projectile, ailes complètement déployées pour freiner son vol, puis il se stabilisa. Glissant sur les voiles du vent, il se reposa sur le pommeau de la selle de *Neige*. La flèche était dans son bec. Sans le moindre effort, il resserra l'étau de sa mâchoire. Le bois se brisa dans un craquement sec. Les morceaux se perdirent dans la poussière de la rue. Il dirigea son regard jaune vers les eaux furieuses du *Fleuve* puis ferma les yeux. Dans le silence de la nuit, le murmure d'une plume légère répondait à la voix du vent.

**

Lorsqu'elle se redressa, la colère du *Fleuve* brûlait dans son regard.

Le Rayon frappa l'homme en pleine poitrine. Il fut projeté en arrière, laissant sur le sol de terre deux sillons rectilignes et heurta violemment le mur qui se trouvait derrière lui. La lumière du *Fleuve* s'intensifia. Les vagues bleues jouaient avec l'obscurité de la rue, révélant les ombres qu'elles volaient à la nuit. Un étau de lumière phosphorescente enveloppait l'homme à l'arbalète et le maintenait immobile, plaqué au mur.

- « Elle le maîtrise déjà » pensa Mayerlin. « Sa première expérience était accidentelle, mais elle lui a suffit. Elle sait désormais lui insuffler la vie et la force qu'elle veut lui donner. Elle le contrôle sans le moindre effort.»

Répondant aux pensées du Magicien, elle leva légèrement la tête. L'axe éblouissant du Rayon suivi le mouvement de son regard et l'homme fut soulevé de terre, les pieds pendant dans le vide.

La voix du Prince tonna dans son dos, portant la colère du futur Roi de Mégis.

- « Où penses-tu donc vivre, Marchand ? Crois-tu que sur les terres de Mégis, un homme puisse impunément menacer un enfant de son arme pour un simple vol de pomme ?... Crois-tu que les lois du Royaume aient été bâties sur la violence, sur la vengeance et sur la haine ?... Crois-tu que le Prince du Royaume qui t'abrite et te nourrit puisse tolérer un tel acte ?... Tu te présenteras dés les premières lueurs du jour aux portes du Château. Roland décidera lui-même de la sanction que tu mérites. Profite de la nuit que je t'offre pour réfléchir à ton geste, Marchand, et pour préparer les excuses que tu dois à ton Roi. »

Elle maintint le flot du Rayon jusqu'à ce que le Prince ait terminé, puis elle interrompit la fureur du *Fleuve* d'un simple mouvement de paupières. Le Rayon s'évanouit, laissant à l'ombre de la rue le souvenir d'un dernier éclat avant de disparaître. L'homme glissa le long du mur et s'affaissa sur le sol.

Elle était descendue de cheval et s'approchait de l'enfant qui la fixait, assis au milieu de la rue.

- « Je m'appelle Xena, » lui dit-elle en lui tendant la main pour l'aider à se lever. Mais le garçon ne répondit pas à son geste. Ses yeux et son sourire ne la quittaient pas.

- « Tu es la Chevalière... » lui dit-il dans un murmure. « Tu es la Chevalière !... »

L'ombre du *Fleuve* dansa dans les yeux noirs du jeune voleur. Lui aussi la connaissait et la reconnaissait.

Ignorant sa main toujours tendue, il se leva d'un bond qui parut ne lui demander aucun effort. Il était à peu prés de la même taille qu'elle et ses longs cheveux noirs retombaient en liberté sur ses épaules. Son pantalon était couvert de cicatrices, dessins de fil blanc qui s'entrecroisaient sur le tissu épais et qui ne pouvaient être que l'œuvre des doigts agiles d'une maman. Elle y vit un signe évident d'appartenance au clan universel des enfants agités dont elle était elle-même une illustre représentante. Bien que d'un noir profond, ses yeux brillaient d'une lumineuse malice que la poursuite et les cris de tous les marchands du monde ne réussiraient jamais à éteindre. Il se dressa encore, bombant le torse et tenant hautes ses épaules déjà larges. Elle sourit à sa position de défi. La vie battait joyeusement dans leurs regards.

- « Mon nom est Maurice, » lança-t-il avec toute la fierté dont il pouvait parer sa voix. « Je suis le fils de Ruben, Chef de la tribu des Sans-Terres et Roi des Voleurs. »

- « Et peut-être devrais-tu suivre quelques années encore les conseils de ton père si tu veux espérer lui succéder un jour » lui répondit dans l'ombre la voix affectueuse de Mayerlin. « Va,

Maurice, Prince des Voleurs. Rejoins la maison de ton père et porte jusqu'à lui le salut de ses amis, Mayerlin le Magicien et Roland, Roi de Mégis. Dis-lui que sa présence nous manque, mais que le souvenir de son amitié illumine chacun de nos jours. »

Le jeune Voleur resta quelques instants immobile, son regard sombre plongé dans les eaux amusées du *Fleuve*. Il se décida enfin à reprendre sa route, mais avant de la quitter, il se pencha et lui glissa un secret qu'il ne voulait réserver qu'à elle.

- « A bientôt, Chevalière... A bientôt. »

La voix rieuse du vieux Magicien s'éleva de nouveau dans l'obscurité.

- « Ceci t'appartient, je crois, jeune Prince. »

Maurice se tourna vers l'ombre et d'un geste sûr attrapa au vol la pomme que lui avait lancé Mayerlin. Il y planta des dents parfaitement blanches puis s'élança dans la ruelle par laquelle il était arrivé et disparut, happé par l'ombre. Son rire le suivit quelques instants.

Elle ne fut pas vraiment étonnée en s'apercevant qu'il lui manquait déjà. Pas plus qu'elle ne fut surprise en réalisant que la pomme qui était sur le sol s'était retrouvée dans la main de Mayerlin qui l'avait lancée... sans que celui-ci ne descende à aucun moment du gigantesque cheval sur lequel il était toujours perché.

Magicien...

LE CHATEAU

Le manteau de la nuit avait recouvert les terres du Royaume lorsqu'ils arrivèrent au Château. Ils passèrent la lourde porte ouverte dans les remparts de pierre et s'engagèrent dans l'allée principale qui menait à l'Esplanade Royale. Un jardin fait de mille plantes, d'où s'échappaient les parfums des fleurs endormies s'étendait autour d'eux. De larges bassins d'eau claire se découpaient dans le vert sombre des pelouses et le frisson léger des fontaines se mêlait aux chants des insectes nocturnes. Les chevaux allaient au pas, respectant le silence des arbres millénaires. Puis le Château apparut, silhouette immense dressée au centre d'une vaste place. Une couronne de réverbères inondait l'espace de lueurs dansantes. Les cents fenêtres du bâtiment défiaient l'obscurité du ciel de leurs faisceaux de lumière.

Ils mirent enfin pied à terre.

Sitôt qu'ils eurent touché le sol, trois jeunes pages accoururent pour récupérer leurs chevaux. L'un attrapa les rênes que lui tendait Mayerlin, le second se chargea du cheval de Roland. Xena se glissa entre *Neige* et le troisième.

- « Je m'occuperai moi-même de *Neige* » lui dit-elle.

Le *Fleuve* glissa un éclair bleu dans le regard qu'elle adressa au jeune homme. Il s'immobilisa.

Au même moment, Yves atteignait la dernière marche des grands escaliers qui menaient au Château. Il s'élança dans la cour en direction des nouveaux arrivants.

C'était un géant de plus de deux mètres, effroyablement maigre et dont le seul fait qu'il puisse tenir debout relevait d'un prodige permanent. Qu'il fut en plus capable de se déplacer semblait tout simplement tenir du miracle. Son corps tortueux se balançait en tous sens, se pliant, se tordant, se redressant dans un ultime sursaut au moment même où l'on aurait juré qu'il allait s'écrouler. Ses bras, d'une longueur exceptionnelle, étaient animés d'un perpétuel mouvement de balancier, dont le rythme totalement aléatoire semblait en désaccord permanent avec le corps auquel ils étaient rattachés. Son costume, aux couleurs de Mégis - *contraste d'un bleu azur presque blanc et d'un bleu nuit aussi sombre qu'un ciel d'orage* - était d'une coupe parfaite, mais prenait sur lui l'aspect d'un déguisement d'épouvantail. Pas moins de dix jours d'essayages avaient conduit le tailleur royal aux portes du suicide avant qu'il ne renonce définitivement à obtenir le moindre résultat sur cette créature sans forme. Deux yeux immenses occupaient la majeure partie de son visage et étaient percés de pupilles minuscules qui s'agitaient au rythme d'une danse effrénée et permanente, se jetant sans la moindre logique dans toutes les directions, si bien que l'on ne savait jamais ce qu'ils regardaient vraiment. Le tout était surmonté d'une tignasse de cheveux gris que toute brosse avait déserté depuis bien des années et qui menaient de façon totalement autonome le fil de leur croissance. Sa voix grave qui rappelait le son d'une contrebasse désaccordée suivait le désordre général et s'échappait sans prévenir vers des aigus insoutenables qui mettaient à la torture les tympans de ses infortunés auditeurs. A bien y regarder, pas un élément de ce corps immense ne semblait être en accord avec les autres et Yves paraissait consacrer la majeure partie de son temps à maintenir cet ensemble sous un semblant de contrôle très approximatif.

Il arriva à portée de voix du petit groupe qui s'était formé au centre de la place alors que Xena s'adressait au page.

- « Persoooooonne ne fait attendre Sa Majestéééééé le Roi, Mademoiselle. Les chevaux seront soign….. »

- « Le Roi a-t-il été prévenu de mon arrivée ?... » le coupa-t-elle sans même se retourner.

Le simple fait que l'on puisse interrompre quelqu'un au milieu d'une phrase sans lui laisser le loisir de la terminer dépassait toutes les limites de l'imagination d'Yves. L'idée qu'il puisse être la propre victime de ce véritable attentat et que les bonnes manières dont il avait fait sa religion soient ainsi bafouées par une enfant, le plongea dans le désespoir le plus profond. Ses yeux se lancèrent aussitôt dans une sarabande incontrôlable, se jetant sans distinction vers toutes les cibles, réelles ou imaginaires, qui se trouvaient à leur portée. Ses bras suivirent ce joyeux désordre avec enthousiasme, s'agitant en tous sens comme s'ils avaient décidé de déclarer officiellement leur indépendance et de ne plus se soucier le moins du monde de leur fonction première qui consistait principalement à maintenir en équilibre ce corps instable. Il réussit enfin à articuler un « Non, pas encore... » qui constituait, à cet instant précis, le seul vestige de son vocabulaire.

- « Alors comment voulez-vous qu'il m'attende ? » lui répondit-elle, se décidant enfin à se tourner vers lui.

Si Mayerlin et Roland n'avaient pas été témoins de ce qui suivit, ils ne l'auraient sans doute jamais cru. A l'instant où son regard rencontra celui du géant, tous les mouvements dont il était agité cessèrent. Ses bras sans fin retombèrent le long de son corps, son dos se redressa et ses yeux se fixèrent sur la lumière du *Fleuve* qui coulait paisiblement. Pour la première fois peut-être de toute son existence, il connut un instant de calme et de totale immobilité. Et pour la première fois, de mémoire de Mégissien, le rictus qui se dessina sur son visage émacié fut un véritable sourire. Elle y répondit et ils se figèrent ainsi, l'un faisant face à l'autre, l'expression d'un bonheur parfait éclairant pour quelques instants le visage du géant. Elle apprendrait au cours des heures à venir que le regard qu'elle soutenait était celui du Majordome Royal, directement affecté au service du Roi Roland, responsable de toutes les activités du Château, et que sous ces aspects trompeurs, se cachaient le sens de l'organisation, le dévouement, la disponibilité et la puissance de travail d'un homme qui était depuis toujours reconnu et admiré de tous.

**

Elle mit fin au face à face et saisit les rênes de *Neige* qui se laissa guider vers les écuries. Elle l'arrêta sur la grande dalle réservée aux soins des chevaux et détacha les sangles de la selle de cuir qu'elle fit glisser de la croupe de la jument. Elle retira ensuite rênes et harnais, libérant le mors. Elle cura les sabots avec attention, passa l'étrille et le bouchon sur la robe immaculée. Les garçons d'écurie, rassemblés en petits groupes autour d'elle, approuvèrent d'un hochement de tête la qualité des soins qu'elle prodiguait à la jument. Lorsqu'elle eut terminé, elle mena l'animal jusqu'au box qu'on lui avait réservé. Elle remplit encore la mangeoire et vérifia la fraîcheur de l'eau. Elle se décida enfin confier la garde de *Neige* au jeune page qu'elle gratifia d'un sourire qui le fit rougir jusqu'aux cheveux.

Puis elle rejoignit le Prince et le Magicien et tous trois se dirigèrent vers l'entrée du Château.

**

Voltigeur avait disparu aux abords des remparts. Elle le devina, immobile, au sommet d'un des arbres qui étendaient leur ombre sur les jardins endormis. Plus tard, quand la nuit aurait revêtu son voile le plus sombre, il s'envolerait pour chasser. Puis il reviendrait se poser à l'endroit exact d'où il était parti.

Voltigeur savait attendre. Il attendrait.

**

Ils atteignaient l'immense porte qui s'ouvrait sur le hall du Château lorsque la silhouette agitée d'Yves se matérialisa devant eux.

- « Le Roi a été avertiiiii de votre présence, Mademoiselle » lui lança la voix virevoltante du Majordome. « Il m'a chargé de vous conduiiiiire jusqu'à vos appartements où vous pourrez vous préparer à votre gré. Il souhaiterait ensuiiiite que vous le rejoigniez dans la Saaaalle du Grand Bal où se trouvent réuniiiiis les noooobles du Royaume. Sa Majesté serait heureux que vous partagiez le repas qui y sera serviiiii. Si vous voulez bien me suiiiivre. »

Le discours du géant, débité à une vitesse vertigineuse et ponctué de ses incontournables arpèges, passait sans la moindre transition du cri le plus vif au murmure le plus inaudible. Elle écarquilla les yeux et inspira profondément pour tenter de se remettre de cette délicate expérience. Elle confirma son accord d'un mouvement de tête et mis ses pas dans ceux du Majordome qui s'éloignait déjà. Tournant la tête, elle croisa le regard du Prince et du Magicien. Ils étaient au bord du fou rire…

Contre toute attente, Yves réussit à rétablir un équilibre qui semblait définitivement perdu en attaquant les premières marches du grand escalier qui menait aux étages. Elle profita de la longue montée pour observer les fresques qui ornaient les murs du grand hall. D'immenses colonnes veinées de marbre gris portaient un plafond blanc qui s'étendait à dix mètres au dessus d'elle. De lourdes chaînes aux éclats d'argent soutenaient les lustres de verre. La lumière des flammes entraînait les reflets de l'ombre dans une danse éternelle. Ils arrivèrent au premier niveau et s'engagèrent dans un long couloir. Les portes taillées dans un bois sombre et brillant se suivaient sur les murs blancs. Yves s'arrêta devant l'une d'elles alors que ses bras, surpris par la soudaineté de sa décision, continuaient leur voyage vers l'avant, visiblement décidés à ne tenir aucun compte de cet ordre soudain. Ses pupilles procédèrent à un balayage complet du décor - *Gauche, droite, haut, bas* - lequel ne présentait à priori aucun intérêt particulier. Dans un mouvement qui semblait tout devoir au hasard, sa main se posa sur la poignée ciselée et la porte s'ouvrit dans un silence feutré. Il s'effaça pour la laisser entrer.

La première image qu'elle enregistra fut celle de l'immense lit à baldaquin qui s'appuyait sur le mur de pierre. Sous les voiles d'une dentelle plus légère que l'air, deux énormes coussins blancs dormaient sur les draps de soie bleue. Face à elle, de longues tapisseries aux couleurs des plus beaux paysages de Mégis encadraient une fenêtre à doubles battants qui dressait un rempart transparent à la nuit dont s'était paré le monde. De profonds tapis de laine recouvraient la majeure partie du sol, le décorant de leurs teintes croisées. Le parfum des fleurs coupées se mêlait à l'odeur légère du feu qui dansait dans la cheminée de pierre.

- « Une chambre de Princesse » s'entendit-elle murmurer, « Une vraie chambre de Princesse. »

La voix dissipée du Majordome s'éleva dans son dos.

- « Si vous avez besoin de quoiiiii que ce soit, n'hésitez pas à me faire appeler, Mademoiselle. »

Elle se tourna vers lui et lui adressa un sourire qui le transperça. Les yeux du géant se lancèrent aussitôt dans une spirale incontrôlable qu'il mit une bonne dizaine de seconde à maîtriser.

- « Ne pourriez-vous pas m'appeler Xena, comme tout le monde » lui dit-elle d'une voix rieuse. « Votre *Mademoiselle* commence à devenir... saoulant ! »

Yves tressaillit sous le double effet du ton et du mot dont l'usage, sous cette forme inattendue, se trouvait très exactement à l'opposé de l'idée qu'il se faisait de l'utilisation de la grammaire et du verbe. Pris d'une intuition subite, il consacra toute son attention à la contemplation du plafond, lequel ne parût pas particulièrement surpris par le soudain intérêt qu'il suscitait. Il réussit enfin à rétablir son regard et à exprimer le résultat de ses réflexions.

- « Bien sur... Mademoiselle Xena !... » lui dit-il dans un souffle.

Il ferma doucement la porte et laissa son sourire se perdre dans le reflet du bois brillant.

Elle revint vers le centre de la chambre et s'approcha de la fenêtre. Les lumières de la cité scintillaient dans l'obscurité et faisait un reflet au ciel qui s'était couvert d'étoiles. Si une lune quelconque avait pour habitude d'éclairer les nuits de Mégis, elle n'était pas visible de ce coté du monde.

Au fond de la pièce, elle découvrit une alcôve dans laquelle se trouvait une petite coiffeuse surmontée d'un miroir. Sur la table de bois étaient disposés une serviette pliée, une brosse à cheveux au manche de nacre et une série de petits flacons de verre, remplis de poudres colorées. Sur le coté, une vasque de porcelaine dans laquelle dormait une eau claire était accrochée au mur à environ un mètre du sol. Elle effleura l'eau du bout des doigts, créant une vague légère à sa surface. Elle était encore chaude.

**

Le *Fleuve* éclairait son regard du reflet de ses flots lorsqu'on frappa doucement à la porte.

- « Entrez ! » dit-elle en se retournant.

La porte s'ouvrit sur une jeune femme aux longs cheveux blonds. Elle offrit à Xena le sourire de ses yeux verts.

- « Je m'appelle Hélène » lui dit-elle. « Le Majordome du Roi m'a demandé de vous aider à vous préparer. »

Elles ne passèrent qu'une vingtaine de minutes ensemble. Elles les remplirent de la franchise de leurs confidences, de la force de la confiance qu'elles s'accordèrent instinctivement et de cette amitié immédiate, dont l'évidence se passait volontiers de l'aide du temps. Elles les parsemèrent de leurs éclats de rire, qui brillèrent comme autant de diamants dans la lumière douce de la chambre. Elles en firent un de ces petits bouts de temps que l'on place précautionneusement dans la mémoire d'une vie, de ces souvenirs auprès desquels on vient ensuite chercher refuge, lorsque le monde semble un peu trop lourd, lorsque les jours paraissent un peu trop sombres.

Lorsqu'elles eurent terminé, Hélène la conduisit le long des couloirs du Château, jusqu'à l'immense porte de la Salle du Grand Bal. Avant de la laisser, elle se pencha vers elle.

- « Merci » lui glissa Xena. « Merci pour ton aide et pour tout ce que tu as fait. »

- « Bonne chance, Chevalière » lui répondit la jeune femme en la prenant dans ses bras.

L'ombre des larmes qui voilaient son regard vert ne réussit pas à chasser son sourire lorsqu'elle s'éloignât.

Les deux soldats qui en gardaient l'accès ouvrirent les battants de la lourde porte.

Et elle entra dans la Salle du Grand Bal.

ROLAND, ROI DE MEGIS

La salle avait des proportions gigantesques. Sous un plafond situé à une hauteur vertigineuse, les murs s'étiraient dans des perspectives qui semblaient ne jamais finir. D'immenses fenêtres, donnant directement sur les jardins, s'y découpaient en enfilade, murailles de verre qui retenaient l'ombre de la nuit. Elles s'éclaireraient de la flamboyante lumière du jour dés les premières caresses du matin. Une allée de marbre gris s'enfuyait devant elle, menant à la longue table autour de laquelle Roland avait réuni ses proches. Réparties de chaque coté de la pièce, d'autres tables, disposées en épi, accueillaient les invités du Roi. Le flot des conversations emplissait l'espace d'un bourdonnement sourd, d'où s'échappait parfois le timbre grave d'une voix d'homme ou l'envol cristallin d'un rire féminin.

Elle marcha vers la table du Roi, réduisant la longueur de ses pas afin que les ballerines légères dont l'avait chaussée Hélène restent invisibles sous la longue robe blanche. Elle semblait flotter au dessus de l'allée de pierre grise. Sur ses épaules, la cascade de ses cheveux d'or, auxquels les poudres d'Hélène avaient rendu leur éclat, emprisonnait le moindre rayon de lumière pour le changer en reflets de diamants.

Dans ses yeux, le *Fleuve* déversait un torrent de flots bleus.

Peu à peu, les voix se turent, alors qu'elle avançait, capturant un à un les regards silencieux qui se tournaient vers elle. Ce que fit alors Roland éteignit les derniers murmures : le Roi se leva et la rejoignit au centre de l'allée.

Il était plus grand que son fils, et même si le temps avait

commencé à creuser sur son visage quelques-unes des rides dont il est l'unique artisan, la force de l'homme et la puissance du souverain ne faisaient aucun doute. Le pantalon de soie légère qui le serrait aux hanches laissait entrevoir un ventre plat et la chemise bouffante qu'il portait sans parure ne cachait rien de son torse puissant et de ses larges épaules. Son dos était droit, sa tête haute et ses gestes pleins de force et de maîtrise. Il avait transmis au Prince son regard clair et profond, mais sur ses traits plus rudes, on devinait le poids de responsabilités que n'avait pas encore à porter le jeune homme. Ses cheveux noirs étaient le témoignage d'une hérédité issue d'ancêtres dont l'histoire se perdait dans un passé lointain et qui se poursuivrait sans doute au fil de nombreuses générations. Sur ce visage dur, presque austère, le sourire qu'il lui adressa avait la chaleur d'un éclair de lumière. Dans le même mouvement que celui qu'avait fait son fils quelques heures auparavant, il mit un genou à terre, prenant appui de ses bras sur sa jambe pliée. Sa voix forte vibra, claire et puissante, dans le silence qu'il avait sans un mot imposé à ses sujets.

- « Sois la bienvenue au Royaume de Mégis, Chevalière » lui dit-il.

Elle déversa dans ses yeux les eaux claires du *Fleuve*.

-« C'est un honneur pour moi de me tenir à vos cotés, Majesté, et de lier mon destin au votre et à celui de votre peuple » lui répondit-elle. Les mots lui vinrent sans qu'elle eut à les chercher. Elle les connaissait depuis toujours. Elle mit sa main dans celle de Roland et suivit son mouvement lorsqu'il de redressa. Ensemble, l'homme et l'enfant, le Roi et la Chevalière, répondirent aux regards qui se fixaient sur eux.

C'est alors que la voix tonitruante de Roi des Nains fit exploser le silence...

**

Ugo était à peine plus grand qu'elle mais devait peser au moins trois fois son poids. Son torse avait les proportions d'une barrique, portée par deux jambes courtes aussi épaisses que le tronc d'un vieux chêne et flanqué de deux bras énormes qui s'échappaient d'une armure de cuir sans manche. Il était roux de la pointe des cheveux jusqu'au dernier poil de sa barbe et portait avec une fierté arrogante le titre de Chef de la Tribu des Nains, de très loin le peuple le plus incontrôlable et le plus agité du Royaume. La jovialité que ses représentants mettaient au service d'une agressivité qui les avait souvent placés dans des situations inextricables n'avait d'égale que la vénération et le dévouement légendaire qu'ils avaient toujours témoignés à la lignée de Roland et ce avant même que naisse le Royaume de Mégis. La voix du Roi des Nains faisait elle aussi partie de la légende, réputée pour être plus puissante que tous les cors d'alarme du Château de Mégis, à ceci prés qu'Ugo roulait les « r » comme un torrent de montagne les rochers du lit qui l'abrite. Définitivement incapable de parler, il ne savait que hurler, comme si il compensait la petitesse de sa taille par la puissance des décibels qu'il était capable d'émettre.

Son rire rugit comme le tonnerre des canons de l'an nouveau, sollicitant l'aide des murs tremblants pour se répercuter en un écho fracassant qui retomba comme une vague sur l'ensemble de l'assistance.

- « Ainsi, la Chevalièrrre est une *Daÿlane* ! » vociféra-t-il, assourdissant les rares tympans qui avaient résisté à la première attaque.

Pour la seconde fois dans la même journée, elle sentit le souffle de la colère agiter les flots du *Fleuve*. Elle ne comprenait toujours pas le sens de ce mot et cette lacune, alors que le langage des Mégissiens lui semblait aussi limpide que sa langue natale, la rendait plus furieuse encore. Mais elle était convaincue qu'il s'agissait d'une insulte. Le *Fleuve* rugit dans son regard. Réprimant un sourire, le Prince Roland se surprit à imaginer la future trajectoire du bruyant Ugo auquel il prédisait un décollage imminent. Elle maintint pourtant le Rayon dans la limite de ses yeux. Elle réussit même à conserver son sourire et si il perdit un instant de son intensité, personne ne parut s'en apercevoir. Pas même le Roi Roland dont elle lâcha la main et auquel elle s'adressa d'une voix calme et posée.

- « Je vous demande de bien vouloir m'excuser quelques secondes, Majesté » lui glissa-t-elle alors qu'elle se dirigeait déjà vers le Roi des Nains.

Elle s'arrêta face au petit homme qui tenait ses mains sur ses hanches, jambes écartées, un sourire amusé se frayant un étroit passage entre sa barbe et sa moustache. Les eaux rugissantes du *Fleuve* se déversèrent dans les yeux plissés d'Ugo. Si le voile discret de l'inquiétude les voila un instant, elle ne lui laissa pas le temps de l'exprimer. La ballerine surgit avec une rapidité fulgurante, soulevant le tissu de la robe légère. Elle l'atteignit juste en dessous du ventre, à l'endroit exact où se rejoignaient ses deux énormes cuisses. Le contact de son pied et de ce qui constituait, à n'en pas douter, la partie la plus fragile de l'anatomie d'Ugo produisit un son sourd qui se perdit dans le silence de la salle. L'instant suivant, le Roi des Nains était recroquevillé sur le sol, les deux mains plaquées sur la zone meurtrie par l'attaque, cherchant à reprendre un souffle qui lui faisait désormais cruellement défaut. Elle réussit enfin à donner à son sourire la pleine expression de sa satisfaction.

- « Une spécialité issue de l'apprentissage de mon papa, Monseigneur » lui glissa-t-elle dans un sourire, « et spécialement destinée à tempérer l'ardeur des *méchants garçons* !... »

Le silence qui régnait dans la Salle du Grand Bal se chargea soudain d'une tension dont le poids ne pouvait échapper à personne. D'un même mouvement, tous les membres de la Tribu des Nains avaient quitté leur table et se rapprochaient de celle qui venait d'humilier leur Chef. Dans le même temps, les soldats du Château vinrent se placer entre Roland et l'attroupement qui se formait autour d'elle, affichant leur intention de ne laisser aucun danger menacer leur Roi. Un masque d'inquiétude figé sur leur visage poudré, les femmes les plus proches s'éloignèrent. Mayerlin, qui avait quitté la table du Roi bien avant que Xena ne fasse profiter Ugo de l'étendue de ses talents, se dirigeait vers elle dans l'ombre discrète du mur le plus proche. Ses yeux avaient oublié leur habituelle bienveillance pour revêtir un voile de gravité qui leur était peu commun.

Elle n'avait pas bougé. Elle abandonna le spectacle du Nain, qui tentait vainement de se redresser et répondit aux regards qui se fixaient sur elle. Dans ses yeux rugissait un océan en furie. Le *Fleuve* faisait savoir à tous qu'il servait sa Maîtresse.

Le Rayon n'attendait que son ordre...

Et le rire tonitruant d'Ugo chassa une fois de plus le silence.

Une main toujours plaquée sur son ventre douloureux, il réussit enfin à se lever et fit en sorte que les seules victimes de cet incident fussent les tympans des témoins les plus proches. Xena compris.

- « Tu as l'audace du rrrenarrrd, le courrrage du loup et la forrrce de l'ourrrs, Chevalièrrre » hurla-t-il à quelques centimètres de ses oreilles qui annoncèrent dans un sifflement leur immédiate reddition. « Tu mérrrites de fairrre parrrtie de la Trrribu des Nains ! »

Et sans que rien ne puisse prévenir son geste, il l'attrapa par les épaules, la prit dans ses bras et la serra contre le tonneau bombé qui lui servait de poitrine. Alors qu'elle venait à l'instant d'être informée de la perte quasi-totale de ses capacités auditives, ses poumons se vidèrent de tout l'air qu'ils contenaient et renoncèrent à toute nouvelle tentative d'inspiration. L'univers qui l'entourait prit un aspect dangereusement flou et l'obscurité envahit peu à peu son champ de vision. Ugo décida à ce moment d'agrémenter la démonstration de son affection par quelques claques amicales dans le dos de sa nouvelle amie. Elle eut la sensation qu'un canon géant la prenait pour cible, ce qui ne fit rien pour arranger sa situation déjà délicate.

Elle ne dut son salut qu'à l'intervention de Mayerlin et à la gigantesque chope de bière qu'il agita devant les yeux du Rois des Nains. Oubliant aussitôt la récente admiration qu'il vouait à la Chevalière, Ugo desserra enfin son étreinte et se jeta sur le liquide brun qu'il fit disparaître en quelques lampées, décorant sa barbe rousse d'une épaisse couche d'écume blanche.

Le monde autour d'elle retrouva quelques couleurs alors qu'elle reprenait peu à peu sa respiration.

Ugo rejoignait déjà son clan.

Avec un sens de la diplomatie maintes fois éprouvé, le ballet des domestiques concentra ses allées et venues autour de la table des Nains afin qu'ils fussent les premiers servis. Elle devina sans peine les yeux virevoltants d'Yves, guidant les pas des serveurs, épiant les gestes des valets et distribuant ses ordres de sa voix bondissante depuis l'ombre de l'office.

Le fait que les membres dissipés de cette Tribu minuscule soient occupés à engloutir tout ce qui passait à leur portée présentait en outre l'avantage de les empêcher de parler, ce qui amputait de la majeure partie de son volume le fond sonore des conversations. Ses oreilles convalescentes vouèrent à ce court instant de répit une réelle reconnaissance. Elle s'abandonna quelques instants à leur contemplation, se demandant comment de si petits êtres pouvaient avaler de telles quantités de nourriture et de boisson avec une telle avidité

- « Les guerriers oublient pour un temps leurs querelles devant une assiette et un verre plein » se dit-elle en se retournant.

L'incident était clos.

**

Elle retrouva le Roi qui semblait avoir une conversation de vieux complices avec Mayerlin. Le Prince qui les avait rejoints les écoutait silencieusement. Ce n'est qu'en les rejoignant qu'elle s'aperçut que le petit groupe était formé non pas de trois, mais de quatre personnes. L'homme qui se tenait aux cotés de Roland était grand et mince, les cheveux courts et la peau claire. Le regard de ses prunelles grises paraissait aussi insondable que le brouillard épais qui obscurcit les matins d'hiver. Elle cligna des yeux pour tenter d'éclaircir sa vision, mais quelque chose lui échappait toujours : Une seconde plus tôt, elle aurait juré que cet homme ne se trouvait pas là et même alors qu'elle le voyait désormais, elle n'arrivait pas à se convaincre de sa présence. Il semblait… transparent !...

Aucun de ses hôtes ne fit de commentaires sur sa rencontre explosive avec le Roi des Nains. Ils interrompirent leur conversation avant qu'elle fut à portée de leur voix et elle n'en sut pas d'avantage sur le secret de leurs échanges dont seul leur sourire rappelait le souvenir. Le Roi fit un pas de coté et tendit la main vers le fond de la salle.

- « Mayerlin et moi projetions de rejoindre notre table et de faire honneur aux talents des cuisiniers du Château, Chevalière. Veux-tu nous accompagner ? »

Il se reprit soudain comme si un détail important venait à l'instant de lui revenir.

- « Oh…. Je voudrais te présenter le Prince Allan, Chef de la Tribu des Ombres. »

Il se tourna en hésitant, semblant chercher l'endroit où se tenait l'homme qu'il venait de désigner avant de le trouver enfin avec un soulagement perceptible. Elle fut une fois de plus décontenancée : Le Prince des Ombres semblait être apparu à l'instant aux cotés du Roi. Puis il lui parla. Et son trouble se fit plus grand encore.

- « Je suis très honoré de faire ta connaissance, Chevalière. Je te souhaite la bienvenue au nom du Peuples des Ombres. »

La voix lointaine, indistincte, parut arriver de plusieurs directions en même temps, alors que l'homme qui lui parlait était à moins d'un mètre d'elle. Elle dut faire un effort pour déterminer l'endroit où il se trouvait avant de pouvoir lui répondre. Le *Fleuve*, quand à lui, n'émit pas le moindre signal d'alerte. Il n'y avait aucun danger.

Ils se dirigèrent vers la table qu'une dizaine de domestiques achevaient de garnir de toutes sortes de plats. Roland et son fils étaient assis sur les grandes chaises de bois couvertes de coussins colorés. Avant de les rejoindre, elle retint Mayerlin par la manche de sa tunique blanche, et l'attira à l'écart.

- « J'ai une question à vous poser » lui dit-elle avec le plus grand sérieux. « Qu'est-ce qu'une *Daÿlane* ?... »

Le Magicien ouvrit grand les yeux. Un sourire qui ne pouvait se résoudre à choisir entre amusement et embarras éclaira brièvement son visage. Il sembla hésiter encore quelques secondes.

- « Ne faisons pas attendre le Roi » lui répondit-il enfin, réprimant le rire qui l'emportait.

**

Elle délaissa les plats à base de viande pour lesquels elle n'avait jamais éprouvé une attirance particulière et leur préféra un assortiment de légumes dont certains, ronds et bruns, lui rappelèrent le goût des pommes de terre dont elle était friande. Elle découvrit le goût délicat de petites branches vertes qui semblaient confites et qui alliaient la saveur fraîche de la menthe à la consistance croquante d'une carotte. Elle les accompagna de courtes brochettes de poisson grillé, finement épicées, et d'une sorte de jus de fruits, sucré et pétillant, dont elle eut été bien incapable de déterminer la composition mais pour lequel elle se prit d'une véritable passion.

Autour d'elle, les voix flottaient, légères, portant sans effort sur le fil des conversations quelques sujets sans importance. Elles se turent soudain, lorsque Roland prit la parole pour évoquer la situation des Hautes-Pierres. Elle oublia son repas et concentra toute son attention sur le récit du Roi.

Avec une émotion qu'elle ne se connaissait pas, elle suivit la course de ses mots - *Tolérance... Différence... Respect...* - et ils l'entraînèrent vers des espoirs si grands qu'elle crut bien s'y perdre. Dans l'ombre de sa voix, elle sentit la chaleur qui baignait le Royaume, enclave minuscule où s'exclamait la Paix dans un monde où la violence obscurcissait encore l'avenir des peuples. Elle aperçut avec ravissement la lueur fragile qui brillait sur Mégis, flamme hésitante d'une lumière naissante qui serait l'aube d'un jour nouveau si les hommes voulaient y croire ou le crépuscule d'une nuit sans fin si ils s'en détournaient. Au fil de ses paroles, à la croisée de ses phrases qui portaient son histoire, elle découvrit que ce monde était aussi son monde et que ce peuple était aussi son peuple. Et pour la première fois, sans doute, elle sut qui elle était vraiment et pourquoi elle l'était. Elle comprit et accepta le *Fleuve*, sans la moindre crainte, sans le plus petit sentiment de peur, dans tout ce qu'il était et dans tout ce qu'il faisait d'elle.

La fatigue la rattrapa dans la course qu'elle menait depuis le matin et elle ne fit rien pour la repousser. Elle profita d'un répit dans les conversations pour faire part de son désir de se retirer. Elle gratifia d'un bonsoir chaleureux Mayerlin et le Prince Roland qui le lui rendirent dans un sourire. Elle s'obligea à un effort de concentration soutenu pour se convaincre que la chaise à la droite du Prince était bien occupée avant de s'adresser à Allan. La réponse lui arriva de nulle part, flottant dans une irréalité dont le Chef de la Tribu des Ombres semblait être le maître. Le Roi s'était levé pour venir à sa rencontre. Ils s'engagèrent ensemble sur l'allée de marbre gris. Elle s'arrêta à la hauteur de la table d'Ugo et déposa un baiser sonore sur la joue du Roi des Nains qui sursauta comme si la foudre venait de le frapper et rougit jusqu'à la pointe du nez avant d'éclater une fois de plus d'un rire qui fit s'envoler la mousse de sa chope pleine. Et alors qu'elle rejoignait Roland et qu'ils poursuivaient leur marche, les invités du Roi se levèrent sur son passage et la saluèrent.

Xena était entrée dans la Salle du Grand Bal.

Celle qui en sortait était la Chevalière.

Le Roi la confia aux gardes qui la conduisirent à sa chambre. Quelques instants plus tard, elle s'allongea sur le grand lit et se blottit dans la chaleur des coussins. Avant de laisser au sommeil le soin de la conduire vers un nouveau jour, elle offrit à la nuit la pureté de son regard bleu.

Elle savait ce qu'elle devait faire.

DEPART

La lumière du jour n'avait pas réussi à percer la frontière de ses paupières, mais les coups portés sur la fenêtre la réveillèrent. Lointains tout d'abord, ils s'échappèrent peu à peu du rêve où elle les avait emprisonnés et prirent la consistance de la réalité. Elle ouvrit les yeux, se laissant envahir par la douce clarté du matin avant de tourner son regard dans la direction du jour. *Voltigeur* se tenait sur le rebord de pierre de la grande baie vitrée. Il lança une nouvelle fois son bec sur le verre épais, ses yeux jaunes fixés sur elle, puis s'éleva d'un battement d'ailes et disparut dans les reflets du ciel.

Elle fit une toilette rapide à l'eau claire de la vasque de porcelaine. Le feu de la cheminée n'avait pas survécu à la nuit, mais la lumière du jour qui inondait la pièce réchauffait peu à peu l'air de la chambre. Sur la chaise de la coiffeuse elle trouva un pantalon de toile bleue qui ressemblait à ses jeans favoris et qu'elle enfila sous une chemise couleur de neige. Ses bottes de cuir, nettoyées et cirées, se trouvaient au pied de la chaise. Elle prit encore le temps de coiffer ses cheveux et les noua en un chignon serré qu'elle fixa à l'aide d'une fine baguette de bois. Puis elle sortit de la chambre.

Elle atteignait les dernières marches du grand escalier lorsqu'elle entendit les murmures légers de discussions lointaines qui s'échappaient de pièces voisines. Sans ralentir, elle jeta un regard en direction des voix étouffées. Les commis chargés de préparer les collations du matin devaient s'affairer en cuisine, pensa-t-elle en réajustant son regard dans l'axe de sa marche. Une seconde trop tard. Elle ne put retenir le dernier élan de son pas et elle percuta l'immense silhouette du Majordome qui se tenait devant elle. Le choc ne fit pas de victime. Les trois tours complets que firent les yeux du géant ne furent sans doute qu'une simple conséquence de l'effet de surprise sur ses pupilles espiègles.

La voix acidulée d'Yves s'éleva dans l'espace de la pièce.

- « Mayerlin m'a prévenu hier soir que vous partiiiiiriez dés le lever du jour, Mademoiselle Xena » lui dit-il. « J'ai fait préparer votre juuuument. Elle vous attend aux écuriiiies. »

Ses yeux virevoltant se fixèrent enfin sur les eaux claires du *Fleuve*, abandonnant pour un temps leurs soubresauts habituels. Avec une délicatesse surprenante, il prit sa main dans la sienne. Son regard suffisait, les mots n'étaient pas nécessaires. Dans son silence, elle lut sans effort les lignes de sa vie faite de tant de peine pour si peu de joie, de tant de solitude pour si peu de partage, mais portée par une sincérité si pure, une honnêteté si entière, qu'elle la découvrit essentielle, indispensable, comme coule, invisible, l'eau discrète des ruisseaux qui font les océans.

Puis il s'écarta et la laissa passer. L'éclat de son sourire brillait encore dans ses yeux lorsqu'elle franchit la lourde porte qui s'ouvrait sur l'esplanade.

Elle se rendit aux écuries où *Neige* l'attendait. Sa robe éclatait de blancheur dans la première lumière de l'aurore. La selle de cuir était installée, les rênes posées sur son encolure. Elle ajusta les étriers, vérifia la tension de la sangle, puis se hissa sur la jument.

Elles traversèrent l'esplanade et s'engagèrent dans l'allée principale qui menait aux remparts. Les jardins s'éveillaient peu à peu sous les premières caresses du jour. L'air s'emplissait des parfums de l'aube, volant au souffle des fleurs le secret de leurs arômes, et annonçait au monde l'arrivée d'un nouveau printemps. Jouant avec les couleurs du ciel, les fontaines déversaient des torrents de diamants dans les bassins frissonnants. Dans l'ombre de leur silence, les arbres centenaires surveillaient leur départ.

Elle sentit dans son dos la chaleur d'un regard. Elle se retourna et la silhouette imposante du Château lui apparut, ondulante dans la chaleur du matin. En haut des larges escaliers de marbre, il posa sur elle le silence rassurant de ses yeux qui ne la quittaient pas : *Mayerlin*.

**

Voltigeur se tenait sur la plus haute branche d'un cèdre sans age. Le souffle léger qui agitait ses plumes faisait danser une vague d'ondes fines sur son corps immobile. Il déploya ses larges ailes et s'appuya sur la force invisible du vent pour s'élever vers le ciel. L'air était lourd et le portait sans le moindre effort. Il ramena ses ailes en arrière et fusela son corps pour plonger vers la *Fille aux yeux de ciel*. Alors que *Neige* et Xena venaient de quitter les Jardins du Roi, l'aigle se posa dans un silence absolu sur le pommeau de la selle de la jument.

LA PIERRE DE LUMIERE

Elle emprunta la route qui serpentait vers Mégis mais n'entra pas dans la cité. Elle obliqua vers la droite, délaissant le chemin qui plongeait vers les premières maisons et suivit une piste plus étroite qui s'élevait au dessus des toits. Plus bas, la ville accueillait le jour. Quelques attelages entamaient le chant des rues, annonçant le réveil prochain de la capitale du Royaume. Sur les places aux pavés usés, les marchands ouvraient leur boutique, tiraient sur les étals et préparaient les devantures. Encore silencieuses, sous le voile léger de l'aube, les ruelles résonneraient bientôt des rires des enfants, des pas légers des femmes et des voix graves des hommes. Ensemble, les Mégissiens uniraient leurs efforts pour réveiller les murs de pierre et y graver l'histoire simple d'un nouveau jour. Ainsi allait la vie de ce monde. Ainsi allait la vie de tous les mondes.

Le chemin dépassa les derniers contreforts de la ville pour s'élancer sur un vaste plateau. Aussi lointaine que l'horizon, une immense forêt esquissait ses contours sur un ciel encore blanc. La piste d'ocre se jetait à sa poursuite, étirant au cœur des champs son tracé rectiligne. Avec sa coutumière lenteur, le matin dévêtait peu à peu les couleurs de la terre du manteau de brume dont la nuit les avait parés.

Elle laissa *Neige* s'engager sur la plaine et se pencha vers *Voltigeur*. Elle lui adressa quelques mots, murmure chuchoté à sa seule attention. L'aigle ouvrit les yeux et croisa les eaux du *Fleuve*. D'un battement d'ailes, il s'envola pour rejoindre le soleil. Il joua quelques instants avec les courants capricieux du vent puis sembla se décider pour une direction et s'éloigna rapidement. Sa silhouette se fit ombre, défia une nouvelle fois la lumière, puis se perdit dans un dernier reflet. Il appartenait au ciel et le ciel le savait.

Elle relâcha la tension qu'elle maintenait sur les rênes. *Neige* accéléra, retrouvant le rythme de ses foulées légères. Elle se sentait prête à galoper pendant des heures.

**

Elles parcoururent une bonne partie du chemin qui fuyait vers l'horizon sans que la forêt ne fasse le moindre effort pour leur permettre de la rejoindre. L'orée des grands arbres restait inaccessible, prenant plaisir à les maintenir à distance. Les bribes du monde disparaissaient sous ses paupières presque closes. Rien n'existait plus vraiment, que la caresse du vent et les coups sourds et réguliers des sabots qui marquaient le chemin de la trace des fers. Elle devina l'esquisse sombre vers laquelle la jument la menait et la prit pour un arbre isolé. L'image se précisa alors qu'elles s'en approchaient. Lorsqu'elle fut certaine de l'avoir identifiée, elle tira sur les rênes. *Neige* s'arrêta auprès de l'homme qui se tenait sur le bord du chemin.

C'était un colosse et si les griffes du temps avaient creusé son visage des rides profondes qui sont son témoignage, la course des ans n'avait pas réussi à réduire l'ampleur de sa carrure. Sous la toile flottante de la longue cape qui caressait le sol, on devinait un torse puissant et des épaules assez larges pour tendre les solides coutures de cuir. Une longue balafre courait sur sa joue droite, crevasse qui naissait à la tempe, se frayait un passage au travers de la barbe grise et poursuivait son parcours jusque sous le menton. Ses cheveux avaient la couleur des cendres et volaient dans son dos au gré de la respiration du vent.

Il plongea ses yeux verts dans le lit bleu du *Fleuve* et elle tourna les pages du livre de sa vie. Elle y trouva la force d'un courage sans limite. Elle y vit les combats et les cris de victoire du guerrier qu'il était. Plus loin, dissimulés sous le masque de son sourire, elle devina ses regrets et le poids des ses doutes. Elle vit les images sombres des souvenirs trop lourds que l'esprit voudrait effacer mais que la mémoire conserve. Et au delà encore, elle lut la tristesse, puissante, éternelle, qui noyait à jamais le regard qu'il tendait vers elle. Sa bouche souriait, façade fragile qui ne pouvait tromper que celui qui ne sait pas voir. Mais son regard était fait de larmes.

Très lentement, le vieil homme leva une main vers son visage, pliant quatre de ses doigts et portant le cinquième à sa bouche. Il le posa à plusieurs reprises sur ses lèvres fermées, puis éloigna sa main et ouvrit de nouveau les doigts, paume tournée vers le ciel, comme une excuse silencieuse. Elle comprit son message et accepta son silence. Les regards suffiraient.

Avec la même lenteur, il fit un pas vers elle puis s'immobilisa, comme si ce seul mouvement l'obligeait à reprendre son souffle. Il s'approcha encore et sa main s'éleva de nouveau, doigts fermés, pour se tendre vers elle. Le temps semblait le comprendre. Il ralentit sa course pour lui permettre de le suivre. Sa main la touchait presque lorsqu'il ouvrit les doigts. Et le soleil jaillit au creux de sa paume offerte.

Le cristal était minuscule, goutte de ciel suspendue à un lacet de cuir. Mais sa pureté dépassait tout ce qu'elle avait pu voir jusqu'ici. La lumière s'y jetait avec fureur, se perdait dans sa transparence, se noyait dans ses reflets limpides. Il se gorgeait de sa clarté infinie puis il la libérait, inondant l'air de rayons éclatants, embrasant l'espace de sa force nouvelle.

Elle ne pouvait détacher ses yeux des feux qui embrasaient le cœur du cristal. La main s'approcha encore d'elle, impatiente dans son infinie lenteur. Elle força son regard à quitter la lumière. Dans les yeux verts du vieillard elle lut le message qu'il lui adressait. Son sourire lui dictait ce qu'elle devait faire. Elle hésita encore puis, du bout des doigts, elle saisit le lacet de cuir et le porta vers son visage. La clarté du Cristal croisa la route de ses yeux et explosa dans les flots du *Fleuve*. Le ciel rencontra la terre et le monde frémit sous l'assaut de leur union. Avec d'infinies précautions, elle fit passer la lanière sur ses cheveux. Le Cristal glissa sur sa chemise et trouva sa place sur sa poitrine.

Le vieux guerrier recula. Une larme aux reflets verts était née à l'orée de ses yeux et roulait sur les sillons de sa joue. Une autre la suivit, échappant à la garde de ses paupières presque closes. Ils connaissaient tous deux les aveux du silence. Ils n'avaient besoin de rien d'autre. Elle lui offrit un dernier sourire, puis elle talonna les flancs de *Neige* et la jument reprit sa course.

Dans son dos, Salvan, le Guerrier des Rois, pleurait.

**

La route les mena jusqu'à la forêt. Alors qu'elles atteignaient la lisière des cèdres, une ombre claire effleura le sommet du ciel. Elle leva les yeux. *Voltigeur* était de retour. Elle n'eut qu'à maintenir les pas de la jument dans l'axe de son vol. L'aigle les guida vers un chemin étroit qui s'ouvrait entre les arbres. Elles s'engouffrèrent à sa suite sous les arches de branches.

La lumière elle-même hésita à les suivre.

RUBEN

Le chemin s'élevait doucement à la poursuite d'un but que lui seul connaissait. La patience des arbres centenaires était faite d'un silence immuable que seule troublait la mélodie du vent, qu'il jouait dans les plus hautes branches. La forêt chuchotait, leur racontant l'histoire de ces mondes, qu'elle avait vu naître et mourir. *Neige* avançait avec précaution pour ne pas troubler la quiétude de l'ombre.

Puis les arbres disparurent, chassés par les assauts du ciel. Ils s'ouvrirent sur une vaste clairière sur laquelle les caresses du vent se poursuivaient, agitant de vagues discrètes l'herbe épaisse de sa prairie. Le sol montait avec lenteur vers l'horizon qu'il soulignait d'une longue crête. Sur la gauche, blotties dans les dernières ombres que le jour accordait à la forêt, une dizaine de roulottes dormaient, posées sur de grandes roues aux rayons étoilés. De petits escaliers de bois dont les premières marches disparaissaient dans l'herbe humide, menaient à des portes encore fermées. Plus loin, quelques chevaux qui avaient tout oublié de leur lointain passé d'attelage paissaient en liberté.

Elle noua l'extrémité des rênes autour du pommeau de la selle, puis elle mit pied à terre et laissa *Neige* rejoindre les autres chevaux.

**

Le chant léger d'un oiseau échappa au silence des arbres et s'éleva sans effort vers le soleil. Il informait le monde qu'il était en vie et que c'était là tout ce qui comptait.

**

Sans le moindre bruit, la porte de bois s'ouvrit. Il avança d'un pas et entra dans la lumière. Le sourire qu'il adressait au jour s'élargit encore en la découvrant, emplissant son regard d'une joie presque enfantine. La voix usée de *La Mère* résonna dans son esprit, se mêlant aux promesses de la Prophétie.

« *Elle aura besoin qu'on la guide pour accomplir ce pour quoi elle est faite. C'est aux Voleurs qu'elle fera appel. Aidez-la et montrez-lui la route qui mène aux portes de son destin. Elle sauvera le Royaume, mais c'est à un Voleur qu'appartient l'avenir du monde. Elle tient dans sa main la plume qui écrira votre histoire et votre histoire est celle de tous les peuples. Aidez-là...* »

- « Bienvenue, Chevalière» lança Ruben alors qu'elle se tournait vers lui. L'éclat des eaux du *Fleuve* embrasa un instant la clairière. Le Roi des Voleurs se dirigeait déjà vers elle.

**

Il se déplaçait avec une souplesse féline. Sa puissante musculature ne semblait entraver en rien la fluidité de ses mouvements. Sa marche était une danse, aussi légère que le vol d'un nuage. Ses cheveux sombres étaient tirés en arrière, maintenus par une lanière de cuir. Dans ses yeux brillait l'arrogance de celui dont la vie n'est faite que de défis et dont la seule habitude est celle de la victoire.

Dans les murmures étouffés du *Fleuve*, la voix de l'enfant s'effaça pour laisser s'exprimer celle de la femme qu'elle serait un jour. Elle l'entendit lui confier que l'homme qui s'approchait d'elle était de loin le plus attirant qu'elle ait vu jusqu'ici et elle ne put que lui donner raison. Elle la chassa pourtant d'un battement de paupières. Elle n'était pas encore prête. Le temps viendrait…

Il s'arrêta à quelques pas d'elle et plongea sans la moindre trace de peur l'ombre de ses pupilles noires dans la lumière de ses yeux bleus.

- « Sois la bienvenue parmi les voleurs, Chevalière » lui lança sa voix chantante. « J'accueille avec le respect d'un Voleur la Princesse de la Prophétie et avec la reconnaissance d'un père celle qui a sauvé mon fils. »

- « Je suis venue jusqu'à toi pour te demander ton aide » lui dit-elle simplement.

- « Tu es ici parmi les tiens » lui répondit Ruben. « Nous t'accompagnerons, sur le chemin que tu dois suivre et jusqu'au terme de ta quête. Ainsi est écrite l'histoire de mon peuple. Nous sommes les Voleurs, la Tribu des Sans-Terre. Nous ne revendiquons aucune contrée mais nous n'avons pas de frontière et nous sommes partout chez nous au sein du Royaume. Nous obéissons à Roland notre Roi par choix et non par crainte. Pour lui et pour le peuple de Mégis, nous servirons la Chevalière parce que telle est la route que nous avons décidé de suivre. »

Le jour affirmait son emprise sur le ciel. Avides de lumière, les portes des roulottes s'ouvraient et les membres de la Tribu des

Voleurs rejoignaient peu à peu la clairière. Un cri jaillit soudain de l'une des maisons de bois. Elle l'aperçut et reconnut sans peine le vieux pantalon couvert de blessures et l'ample chemise blanche. Ses cheveux étaient emprisonnés dans un foulard rouge noué derrière sa tête, à la pirate. Un sourire teinté d'éternité illuminait son visage. Maurice dévala l'escalier sans toucher une seule marche et s'élança dans l'herbe haute. Il parcourut en quelques secondes la distance qui le séparait d'elle, mais alors qu'il arrivait à la hauteur de son père, il sembla se souvenir de son statut de *Prince des Voleurs* et ralentit sa course. Il fit un effort visible pour masquer la joie que trahissait son regard et leva fièrement la tête en s'adressant à elle.

- « Je suis heureux de te revoir, Chevalière » lui dit-il avec un détachement feint qui ne trompait que lui.

Elle ne put retenir son rire. L'étincelle qu'il tentait d'étouffer se ralluma instantanément dans ses yeux. Le bonheur des enfants ne supporte que peu de temps l'idée d'être caché…

- « Tu vas devoir m'expliquer ce que tu attends de nous, Princesse » lui dit Ruben en posant avec affection une main sur l'épaule de son fils. « Mais nous parlerons bien mieux autour d'une table. L'appétit des Voleurs est aussi légendaire que leur habileté et tous les peuples du Royaume savent qu'il n'est rien de plus dangereux qu'un Voleur affamé. »

Elle trouva sa place entre le père et le fils et ils se dirigèrent ensemble vers le camp des roulottes.

**

Les femmes achevaient de dresser une longue table dont les pieds disparaissaient dans l'herbe de la prairie. Quelques hommes étaient déjà installés sur les longs bancs de bois. De gros pains arrondis à la croûte épaisse et à la mie blanche côtoyaient les plats de charcuterie, les jarres de miel blond et brun et les bols de lait caillé. Des corbeilles débordant de fruits coloraient la table de teintes bariolées.

Ruben invita Xena à s'asseoir à ses cotés, choisissant une place au hasard. Les Voleurs se passaient volontiers de tout protocole. D'un geste du poignet, il fit apparaître la lame d'un long couteau au manche de nacre. Ce n'est qu'à ce moment qu'elle remarqua ses mains : Les mouvements de ses doigts étaient si rapides qu'ils en étaient invisibles. Une longue tranche de pain apparut soudain dans son assiette, sans qu'elle parvienne à décomposer le moindre geste. Le pain duquel elle provenait n'avait pas quitté la table. Les yeux pourtant fixés sur ses mains, elle fut incapable de comprendre comment le couteau disparut. Il était là, puis il n'y fut plus, remplacé par les objets qui prenaient corps entre ses doigts puis s'évanouissaient, trompant le plus aigu des regards. Sans le vouloir, elle se surprit à imaginer le sort de celui qui aurait l'imprudence de défier le Roi des Voleurs.

Elle porta son regard vers Maurice qui était assis en face d'elle. Le jeune garçon devrait attendre encore quelques années pour arborer l'héritage musculaire de son père. Mais à le voir manipuler la cuillère qui tournait entre ses doigts, elle estima qu'il ne tarderait pas à égaler sa dextérité. Il leva la tête et croisa son sourire. Les prunelles noires brillèrent d'une lueur de défi amusé. Sans la quitter des yeux, il accéléra le mouvement de ses doigts, forçant la cuillère à les suivre. Sa danse se fit course, sa course devint mirage. La vitesse lui volait ses contours. Il stoppa soudain le ballet de sa main, bloquant le manche entre ses phalanges. La cuillère fut projetée vers elle. Elle savait qu'elle n'aurait pas le temps de l'éviter. Le *Fleuve*, lui, n'avait que faire du temps : Le Rayon jaillit dans un feulement inaudible. La cuillère n'existait plus lorsque l'éclat d'un reflet bleu se perdit dans les couleurs du matin.

Les lèvres entrouvertes de Maurice mirent quelques secondes à retrouver le moyen de se joindre. L'assiette que lui tendit Ruben lui rendit enfin ses esprits. Elle s'était tournée vers le Roi des Voleurs. Il souriait.

Elle aimait décidément beaucoup ces Voleurs.

**

Le déjeuner se poursuivit, s'égayant au son des conversations des hommes. Xena et Maurice se trouvèrent une passion commune pour de petites galettes de maïs grillées qu'ils engloutirent jusqu'à la dernière, s'aidant de pleines louches de lait caillé. Ils terminèrent leur repas par un grand verre de jus de fruits, trinquant comme de vieux compagnons de bar et mimant un état d'ébriété avancé qu'ils accompagnèrent de discours incompréhensibles et d'une chute commune dans l'herbe de la clairière, sous les regards amusés des Voleurs. Durant quelques instants, le monde se contenta du sourire des enfants qu'ils étaient et de la joie simple qu'ils éprouvaient à être ensemble. Sans la moindre retenue, ils entraînèrent dans la simplicité de leurs jeux une petite partie du temps.

Puis les hommes quittèrent la table, formant de petits groupes qui se dispersèrent bientôt. Les femmes débarrassaient les restes du repas et s'affairaient au nettoyage des roulottes.

Alors La Chevalière expliqua au Roi des Voleurs ce qu'elle voulait faire.

LA BRECHE DES LOUPS

Voltigeur connaissait le Royaume aussi bien que le ciel lui-même. Il suivit du regard le pas des chevaux qui s'éloignaient du camp et gravissaient la pente légère de la clairière. Ils atteindraient bientôt le sommet de la crête. Ensuite, le monde changeait. Repoussant la forêt qui maintenait l'armée des arbres à la frontière de cet univers privé d'ombre, une immense vallée s'ouvrait un chemin entre les parois abruptes d'une chaîne de granit. Elle suivait la course du soleil depuis l'aube des temps, défiant les murs de roche grise.

Il attendit que la *Fille aux yeux de ciel* ait disparu derrière l'horizon, puis il quitta la branche sur laquelle il se tenait et confia au vent le soin de le porter vers elle.

**

Les chevaux s'engagèrent avec précaution dans la pente qui les menait vers la vallée. Le sol était un serpent de pierres sur lequel les sabots glissaient. Les roches instables trompaient leurs appuis et se dérobaient sous leurs pas.

« Le chemin est plus rude que celui qui traverse la forêt » avait dit Ruben, « mais vous gagnerez ainsi de précieuses heures et vous pourrez atteindre le pays des Hautes-Pierres avant la nuit. Le temps est désormais ton ennemi le plus dangereux, Chevalière. La situation s'aggrave sans cesse sur les terres de Cillia et Mordar. Le conflit peut dégénérer à chaque instant. »

Devant eux s'ouvrit enfin le vaste couloir, prisonnier éternel des falaises. A la porte du val, elle se tourna vers les pupilles sombres qui ne quittaient pas l'horizon. La fierté d'accompagner *sa* Chevalière illuminait le regard de Maurice. Il lui adressa un geste sec de la main, bras tendu devant lui : *Je suis à tes cotés, je le serai quoi qu'il arrive. Consacre-toi à ce que tu dois faire. Je m'occupe du reste.* Le sourire du ciel embrasa les flots du *Fleuve*, alors qu'elle reprenait sa position. Il mènerait sa mission à bien. Ruben avait fait le bon choix.

« *Maurice t'accompagnera dans ton voyage* » *avait laissé tomber le Roi des Voleurs devant les yeux écarquillés de son fils.* « *Il connaît tous les chemins du Royaume et te guidera sur ceux des Hautes-Pierres. Il sait où se trouvent les camps des Voleurs et les Voleurs savent qui il est. Ils l'écouteront et ils vous aideront si il le leur demande.* »

Ils relâchèrent la tension qu'ils maintenaient sur les rênes et les chevaux s'élancèrent sur la piste de terre qui courait au cœur de la plaine. Réveillées par le bruit des sabots qui martelaient le sol, les parois de pierre s'approprièrent le chant de leur course pour le renvoyer en cascades d'échos vers le silence qui faisait leur monde. La vallée s'ouvrit pour les accueillir et ils la laissèrent les emprisonner.

**

Au dessus d'eux, dans un silence total, *Voltigeur* jouait avec le vent. Il réduisit l'angle de ses ailes pour le seul plaisir de prendre de la vitesse, puis les déploya de nouveau, laissant les courants le mener jusqu'au ciel.

**

Le soleil avait entamé sa chute vers l'autre versant du monde lorsqu'ils aperçurent la gigantesque faille qui déchirait la muraille de pierre.

« Vous quitterez la vallée par la Brèche des Loups » avait expliqué Ruben. *« Elle vous mènera directement sur les terres des Hautes-Pierres. »*

Ils mirent les chevaux au pas et se dirigèrent vers l'entrée du passage. La cicatrice s'ouvrait devant eux, défigurant à jamais la falaise vaincue. Dans des temps dont le monde n'avait plus aucun souvenir, la hache d'un dieu de colère s'était abattue sur sa proie de granit, la marquant d'une trace immuable, jusqu'à ce qu'une nouvelle éternité vienne remplacer celle-ci.

Ils échangèrent un regard, masquant dans un sourire le voile sombre que tentait d'y tendre la peur, puis ils s'engagèrent entre les mâchoires de pierre.

**

Voltigeur n'aimait que la lumière. L'obscurité n'était utile que pour chasser et chaque nuit y suffisait. Il attendit que les cavaliers aient disparu sous la voûte d'ombre puis se mit à la recherche d'un courant ascendant qui le porterait au dessus de la faille.

Il retrouverait la *Fille aux yeux de ciel* lorsque le temps la lui rendrait.

Pour l'heure, seul le ciel comptait.

**

Jalouse de la lumière qu'elle avait chassée de ce monde, la faille les absorba avec l'avidité de l'ombre. Parsemée d'éclats de roches sur lesquels butaient les sabots des chevaux, la piste qu'ils distinguaient à peine s'enfonçait dans le néant. Une eau aveugle courait sur les parois invisibles. L'air saturé d'humidité était lourd à respirer. Le froid était partout, maître de ce monde sans ciel. Un vent perpétuel se forçait un passage entre les couches de roches, entonnant un chant éternel qui rappelait les hurlements d'un loup. Xena supposa que la faille lui devait son nom. Elle se dit qu'on aurait aussi bien pu l'appeler la *Brèche de l'enfer*, ce qui aurait au moins eu le mérite de prévenir les voyageurs qui s'y engageaient de ce qui les attendait.

Les chevaux avançaient contre leur gré sur le sol sans relief, glissant sur la terre humide. A chacun de leur pas, la peur gagnait du terrain. Le souffle hésitant de leur respiration et les écarts brutaux de leur marche la trahissait. Le *Fleuve* lui-même paraissait perdre ses repères dans ce monde privé de lumière. Elle sentait ses flots puissants se ruer dans ses veines. Maurice tourna vers elle un regard dans lequel la terreur allait bientôt remporter le combat qu'elle avait engagé contre sa détermination. Il allait lui demander de renoncer et elle ne voyait pas comment elle pourrait l'en dissuader.

C'est alors qu'elle sentit la vibration sur sa poitrine.

Portant sans la voir sa main à sa chemise, elle en ouvrit délicatement le col et saisit le Cristal. Un feu intense brûlait au cœur de la pierre. Une chaleur douce se propagea le long de son bras, remontant jusqu'à l'épaule. Les premiers éclairs de lumière jaillirent entre ses doigts et se lancèrent à l'assaut de l'obscurité pour se briser en reflets d'argent sur les parois abruptes. Elle ouvrit lentement sa main. L'espace se remplit de lumière.

Et pour la première fois, peut-être, depuis sa naissance en des temps sans age, la Brèche des Loups offrit au regard de ses hôtes l'image de ce qu'elle était vraiment.

La voûte qui se penchait sur eux était sculptée dans une roche grise constellée d'éclats brillants qui s'éveillaient sous la caresse de la lumière. Tout autour, les murs taillés dans la pierre sombre frissonnaient au passage des voiles d'eau qui se poursuivaient à sa surface, capturant dans leur course les reflets qui se laissaient prendre à leurs jeux. Sous les cascades, des forêts de fougères décoraient leurs branches effilées de perles d'eau égarées. Plus loin, de grands manteaux de mousse couvraient la muraille frileuse. Partout, brûlante de couleurs, la nature muette proclamait la vie dans ce lieu que l'on croyait mort.

Le chemin, couvert d'une fine pellicule de poussière blanche, s'enfuyait sous la voûte inondée d'étoiles, les invitant à le suivre dans sa course vers un nouveau soleil.

Le vent s'essouffla.

Le chant des loups se tut.

Et le silence prit possession de l'éternelle beauté de la Brèche des Loups.

**

Les chevaux se calmèrent et reprirent leur marche. L'émerveillement avait chassé la peur du regard de Maurice. Elle n'y avait de toute façon pas sa place. Xena se laissa emporter par la splendeur révélée de la cathédrale de pierre. Combien d'hommes avant eux avaient pu la voir ainsi, se demanda-t-elle, et combien auraient la chance de découvrir un jour que sous le voile terrifiant d'une nuit sans fin, se cachait l'un des trésors les plus précieux que la nature ait pu créer.

Elle sourit à ce monde.

C'était le seul présent qu'elle pouvait lui offrir.

Guidés par la lumière du Cristal, ils s'enfoncèrent dans le cœur de la montagne.

LES HAUTES-PIERRES

Ils suivirent le chemin de poussière jusqu'à ce que le temps les rattrape. Au détour d'un dernier lacet, les parois s'écartèrent, la voûte redressa son arc et la faille les rendit à leur monde. En leur absence, le soleil avait peint le ciel aux couleurs pourpres de la fin du jour.

Devant eux s'ouvrait un large plateau, bordé par une barrière de monts verdoyants qui ondulaient comme les vagues d'un océan figé par le temps. Puis la plaine s'inclinait pour rejoindre les rives du fleuve dont elle abritait le lit. Plus loin, on apercevait le delta qui s'ouvrait sur la Mer des Reflets. Le voile de diamants qui couvrait sa surface justifiait le nom que lui avaient donné les Anciens. Bâtie entre fleuve et mer, la cité des Pêcheurs dressait sa silhouette dans les dernières lueurs du jour.

« *Miraal est la principale ville du pays des Pêcheurs* » *avait expliqué Ruben.* « *Elle sera la première étape de ton voyage, Chevalière.* »

Dans le lointain, élevant ses flancs sombres vers un sommet qui se perdait dans une couronne de nuages, l'ombre de la Montagne Noire menaçait les regards qui s'y égaraient.

Ils offrirent un dernier regard à la faille qu'ils rendaient à sa solitude. Puis ils lancèrent les chevaux sur l'étendue du plateau des Hautes-Pierres.

La falaise immobile surveillait leur course.

**

Voltigeur s'était posé au sommet de la brèche bien avant que les cavaliers n'apparaissent. La *Fille aux yeux de Ciel* était protégée par le Cristal du Guerrier. Elle pouvait se passer de lui. Il resserra l'étreinte de ses serres sur le corps encore chaud du lapereau qu'il avait repéré en survolant la barre rocheuse. Il attendrait que la nuit s'empare du ciel pour en profiter.

Il se jeta dans le vide et plongea vers les chevaux qui s'éloignaient.

**

Maurice les conduisit vers une forêt de pins qui surplombait la plaine. Il hésita quelques instants puis trouva le chemin qui s'enfonçait sous le couvert des arbres. Une piste de terre sèche se frayait un passage entre les troncs dénudés. Quelques taillis épars se disputaient le sol qui n'appartenait qu'aux pierres.

Dans les branches qui se balançaient au rythme du vent, le chant des oiseaux lançait un dernier appel au jour qui s'enfuyait.

Puis les premières roulottes apparurent.

FRANCK ET FRANCK

Les deux camps étaient disposés face à face, séparés de quelques mètres seulement, mais formant deux groupes que l'on avait voulu distincts.

A l'approche des cavaliers, un petit homme surgit d'une des roulottes et s'avança vers eux. Il marchait précédé d'un ventre énorme, posé sur deux jambes si courtes, qu'elles le contraignaient à un trottinement permanent. Malgré la douceur du crépuscule, il portait un immense manteau de fourrure dont les pans traînaient sur le sol. Sur sa tête ronde, une toque de poils bien trop grande pour lui se balançait au rythme de ses pas.

Elle l'observait avec amusement lorsque du camp opposé jaillit un second petit homme. Elle cligna plusieurs fois des yeux mais dut se soumettre à ce qu'ils lui montraient : Il était en tous points identique au premier.

Les deux toques de poil s'arrêtèrent à quelques mètres des chevaux.

- « Bienvenue… » dit la voix de droite.

- « Dans le camp des Voleurs… » dit celle de gauche.

- « Je m'appelle Franck… » reprit celle de droite.

- « Moi aussi… » ajouta celle de gauche.

- « C'est un sérieux problème… »

- « Parmi d'autres… »

- « Nous allons vous expliquer… » dit un Franck.
- « Si vous le voulez… » précisa l'autre.

Elle sentit les muscles de son cou protester contre les mouvements qu'elle leur imposait, tournant la tête tantôt à gauche, tantôt à droite, pour suivre le cours du double monologue. Elle décida d'adopter une solution d'urgence : Elle se pencha en avant, posa son menton sur l'encolure de *Neige* et planta son regard sur le tronc le plus proche avec la ferme intention de ne plus le quitter des yeux.

- « Franck… » entendit-elle sur sa gauche.
- « C'est moi… » répondit-on sur sa droite.
- « Est le Chef des Voleurs… »
- « De la montagne Noire… »
- « Ses hommes… »
- « Qui sont très joueurs… »
- « Ont dérobé… »
- « Dans un excès d'enthousiasme… »
- « L'épée de Mordar… »
- « Gardée par toute l'armée du Palais… »

- « Bel exploit… » claironna Franck.
- « Stupide !... » corrigea Franck.

- « Mordar… »
- « Qui n'a aucun humour… »
- « Est entré dans une colère noire… »
- « Aussi noire que sa montagne… »

- « Et a lancé ses soldats… »
- « A la poursuite des Voleurs… »

- « Nous ne craignons personne… » dit Franck avec assurance.
- « Mais la menace était réelle… » ajouta Franck avec résignation.
- « Et nous avons préféré… »
- « Quitter les terres des Hauts-Vivants… »
- « Et nous réfugier ici… »

Les Francks reprirent leur souffle. Le temps profita du silence pour respirer lui aussi. Xena veillait sur son arbre.

- « Il était hors de question… » dit Franck.
- « Absolument hors de question… » reprit Franck.
- « Que nous renoncions à nos fonctions de Chefs… ».
- « Nous ne savons faire que ça…. »
- « Aussi avons-nous préféré… »
- « Séparer les deux camps… »

- « Tout va donc pour le mieux !... » dit-elle à son arbre.

- « Pas du tout… » la corrigea Franck de gauche ou de droite.
- « Vous vous trompez lourdement… » confirma Franck de droite ou de gauche.
- « Et c'est là le problème… »
- « Un de plus… »

- « Les voleurs… »
- « Des deux camps… »
- « Se moquent éperdument… »
- « De savoir qui est leur Chef… »
- « De toutes façons… »
- « Ils n'obéissent à personne… »

- « Ils ont donc commencé… » dit Franck désolé.
- « A passer d'un camp à l'autre… » répondit Franck résigné.
- « Et à échanger leur place… »
- « Si bien qu'aujourd'hui… »
- « Nous ne savons même plus… »
- « Qui commande qui… »
- « Et qui fait partie de quel camp !... »

La forêt crut à une trêve. Un arbre frissonna. Une branche tomba.

- « Le problème… » les coupa Franck en écartant les bras.
- « Encore un… » renchérit Franck en croisant les sien.
- « C'est qu'il va bien falloir… »
- « Décider tôt ou tard… »
- « Qui va… »

- « STOP !!!... » hurla soudain Maurice.

Les deux petits hommes tournèrent les mêmes yeux ébahis vers le jeune garçon.

- « Je m'appelle Maurice. Je suis le fils de Ruben, Roi des Voleurs de Mégis. Et je vais résoudre vos problèmes » leur dit-il en mettant pied à terre. Il se planta face aux deux ventres rebondis. « En tant que Prince des Voleurs du Royaume, je prends le commandement des deux camps. Allez demander aux femmes qu'elles préparent un repas commun. Et dites aux hommes que j'ai à leur parler. »

Les Francks échangèrent un regard qui fit trembler leur toque.

- « Il ressemble à son père… » déclara Franck de droite.

- « En moins grand… » estima Franck de gauche.

- « Et en plus jeune… »

- « Mais c'est une bonne idée… »

- « Et qui nous arrange… »

Il glissèrent un œil discret vers Maurice et jugèrent sans doute qu'il valait mieux ne pas éprouver plus longtemps la patience du jeune garçon. Ils exécutèrent un demi-tour hésitant et s'éloignèrent en trottinant pour transmettre les consignes du Prince des Voleurs. Ils trébuchèrent sur une même pierre, évitant la chute de justesse, réajustèrent d'un même mouvement leur toque définitivement informe, hésitèrent quelques instants sur le choix du camp vers lequel ils devaient se rendre puis semblèrent le trouver enfin et disparurent parmi les roulottes.

**

Elle se décida à abandonner la surveillance de son arbre. Elle noua les rênes de *Neige* autour du pommeau de la selle, comme elle avait l'habitude de le faire et se laissa glisser sur le sol. Maurice revenait vers elle. Depuis leur départ, il avait rempli son rôle au delà de tout ce qu'elle espérait et elle ne doutait pas qu'il en serait ainsi tout au long de leur quête. Mais il y avait autre chose. Dissimulé sous le masque de sa jeunesse, elle découvrait peu à peu la valeur du courage et l'âme du chef qu'il serait un jour. Elle ne connaissait rien de l'avenir de Maurice, mais elle savait que le nom de l'homme qu'il allait devenir traverserait l'histoire et se transmettrait de mémoire en mémoire, plus loin que le souvenir des mondes.

Elle se dit qu'elle était fière d'avoir la chance de croiser cette vie.

**

Posé sur le pin le plus haut qu'il ait pu trouver, *Voltigeur* avait observé la scène avec un désintérêt total. Le monde des humains était trop bruyant, comparé au silence absolu des hautes altitudes. Trop complexe aussi. *Chasser, manger, voler, dormir.* La vie n'avait pas de raison de se compliquer au-delà de ces quatre règles. Il plongea son bec dans les entrailles tièdes du lapereau qu'il venait d'éventrer et en retira un lambeau de chair. Alors qu'il redressait la tête, la *Fille aux yeux de ciel* tourna son regard vers lui. Les pupilles jaunes croisèrent l'éclat des flots du *Fleuve*. L'espace d'un instant, ses certitudes ancestrales vacillèrent. Il y avait un autre mot, une autre loi, qu'elle essayait de lui apprendre, mais qu'il avait tant de mal à comprendre.

Aimer lui souffla l'écho bleu du *Fleuve. Aimer...*

**

Xena et Maurice se dirigèrent vers les roulottes après avoir débarrassé les chevaux de leur selle et de leur harnais. Les femmes s'affairaient à la préparation du repas. Les hommes rejoignaient le camp et se regroupaient peu à peu autour de la longue table. Une pyramide de branches sèches et de bûches empilées attendait la flamme qui allait l'embraser.

Franck et Franck couraient en tous sens sur leurs jambes minuscules, distribuant de vaines consignes dont la plupart concernaient des tâches depuis longtemps accomplies.

Ils attendirent que les Voleurs se soient installés pour rejoindre les places qu'on leur avait réservées. Maurice patienta debout jusqu'à ce que le silence se fasse. Peu à peu, les regards se tournèrent vers lui et les conversations moururent dans un dernier murmure.

Il se présenta aux Voleurs, puis présenta la Chevalière. Il parlait lentement, détachant chaque mot qu'il choisissait avec soin et délivrait avec attention, estimant qu'il n'était nul besoin de discours interminables pour être entendu et écouté de tous. Il exposa aux hommes et aux femmes qui l'écoutaient ce qu'ils attendaient d'eux et leur expliqua comment ils pourraient les aider.

A chaque bout de la table, Franck et Franck l'assurèrent de l'entière collaboration de leur camp respectif dans une indifférence générale.

Elle dîna ensuite en compagnie de ceux qu'on appelait les Voleurs, sous prétexte qu'ils préféraient l'honnêteté de l'âme à celle dictée par la loi des hommes. Elle apprit avec eux que ceux que l'on montre du doigt et que l'on condamne ne sont pas toujours les coupables et que, souvent, la vérité et la sincérité ne se trouvent ni dans les mots ni dans les sourires, mais cachées au fond des cœurs, à l'abri du regard de ceux qui ne savent voir qu'avec les yeux.

A moins qu'elle ne le sut déjà… Sans doute…

Plus tard, elle rejoignit la roulotte que l'on avait préparée pour elle. Elle monta les escaliers de bois et referma la porte sur la nuit qui gardait le sommeil des Voleurs.

Demain, elle serait à Miraal.

MIRAAL

Un jour sans nuage se levait sur les terres du Royaume lorsqu'ils entrèrent dans la cité des Pêcheurs. La ville était faite de maisons basses aux toits plats dont les murs uniformément blancs se disputaient les premiers rayons du soleil. L'ensemble aurait sans doute parut assez austère si les Pêcheurs n'avaient eu la curieuse habitude de peindre aux couleurs les plus voyantes, et parfois les plus inattendues, tous les volets qui se trouvaient à la portée de leurs pinceaux. Miraal se teintait ainsi d'un air de fête permanent qui semblait faire le bonheur de ses espiègles habitants. La ville était entourée d'un mur d'enceinte, visiblement destiné à servir d'autres buts que de la défendre, puisqu'il était percé de multiples accès dépourvus de toute porte et seulement gardés par la course des vents.

Ils pénétrèrent dans la cité et, comme ils l'avaient prévu, se perdirent dans le dédale des rues étroites. Les Voleurs les avait prévenus : Miraal était un vrai labyrinthe et les Pêcheurs eux-mêmes, pourtant habitués aux secrets de ses capricieux détours, s'y égaraient à longueur de journée.

Plus loin, sur les rives du delta, l'aube assistait au retour des grands chalutiers dont les feux encore allumés dansaient sur la houle légère. Les Capitaines aux yeux alourdis par une nuit de veille devraient encore négocier le prix de leur pêche auprès des marchands, pendant que les marins déchargeaient les cales, jetant les filets déchirés sur le quai. Les ramendeuses viendraient plus tard dans la journée user leurs mains calleuses sur les longues aiguilles d'os pour les recoudre. Silencieux, les longs palangriers glissaient déjà sur leur fond plat, quittant le delta, voile ouverte à la poursuite du vent, pour rejoindre le large. Sur leur pont hérissé d'une forêt de cannes, pendaient les fils qui seraient bientôt tendus par le poids des plombs. Ils ne rentreraient qu'avec la nuit. Sourds aux appels du temps, les Pêcheurs se relayaient sans cesse pour veiller sur les quais qui ne dormaient jamais.

Suivant les conseils des Voleurs, ils se fièrent au chant du port et finirent par croiser une rue plus large qui courait vers le cœur de la cité. Ils la suivirent et atteignirent enfin la Place de la Barque.

Au centre de l'immense esplanade, une très ancienne embarcation de bois hissait le mirage de sa voile disparue. Elle était l'unique survivante de la flotte des premiers Pêcheurs, dernier témoin d'un temps où Miraal n'était encore que le rêve lointain des quelques hommes qui allaient faire son histoire. La vieille barque conservait seule le souvenir du courage des Anciens, rappelant aux plus jeunes, dans son éternel silence, que la mémoire est le bien le plus précieux des peuples.

A l'extrémité de la place, un imposant édifice offrait au soleil levant le reflet de ses fenêtres alignées. Les volets de bois brut semblaient avoir échappé aux pinceaux colorés des pêcheurs. Un mur de pierre courait tout autour du bâtiment, protégeant une cour intérieure à laquelle on accédait par une large porte. Quelques enfants s'y engouffraient en se chamaillant, sous les yeux endormis d'un gardien aux moustaches interminables. Il sommeillait, les bras croisés sur un ventre rond, affalé dans un profond fauteuil.

« C'est dans leur école que tu trouveras les enfants de Miraal » avait dit Ruben. « Les Pêcheurs sont un peuple cultivé qui attache à l'apprentissage et à la connaissance une réelle importance. La plupart des parents veillent à ce que leurs enfants suivent les cours dispensés par l'École de Miraal. »

Xena et Maurice échangèrent un regard complice en traversant la place. Un groupe d'enfants, portés par les cris de leurs jeux, se dirigeait vers l'entrée de l'école. Ils se mêlèrent sans peine à leurs rires.

Ils étaient au seuil de la porte.

**

- « Je ne vous connais pas » dit la voix ensommeillée du gardien alors qu'ils allaient pénétrer dans la cour. « Qui êtes vous et que venez-vous faire ici ?... »

- « Je suis le fils du Pêcheur Erynn » mentit Maurice avec un aplomb sans faille. « Ma cousine est de passage à Miraal et je l'ai invitée à visiter mon école. »

Le regard du gardien s'éveilla au dessus de sa moustache noire. Dans un mouvement qui sembla lui coûter beaucoup, il tenta de se redresser, mais ses fesses bien trop larges restèrent coincées entre les bras du fauteuil qu'elles entraînèrent à leur suite. Avec une habitude résignée, il posa deux mains énormes sur les accoudoirs et poussa vers l'arrière pour se débarrasser de l'inconfortable fardeau. Il portait l'uniforme gris que tous les gardiens d'école portent dans tous les mondes. Une épaisse ceinture de cuir donnait l'illusion de maintenir son pantalon sur un ventre qui n'avait depuis longtemps plus besoin d'aucune aide pour mener cette mission à bien. Sur sa hanche, un trousseau de clefs dansait au bout d'un mousqueton.

Il installa sur sa tête une casquette qui avait au moins son age et posa un regard lourd sur Maurice.

- « Bien essayé, gamin » lança-t-il à travers sa moustache « mais tout le monde à Miraal sait que le Pêcheur Erynn n'a jamais eu que des filles. Il en a sept et même si je ne les connais pas toutes, je doute qu'une seule te ressemble. »

L'échec de sa manœuvre ne parut pas déstabiliser Maurice.
- « Laisse-nous entrer » dit-il au gardien d'une voix assurée.

- « Et pourquoi devrais-je le faire ? » demanda l'homme en s'approchant.

- « La mission que nous avons à remplir est bien trop importante pour que tu la comprennes » répondit le garçon. « Te l'expliquer serait aussi long qu'inutile. Mais nous la mènerons à bien, avec ou sans ton accord. »

- « Et mon pied me semble bien trop grand pour tes fesses, gamin » lança le gardien en approchant encore. « Mais elles vont pourtant finir par le connaître si tu ne retourne pas sans attendre d'où tu viens. »

Il fit encore un pas. Les pans de la veste grise, tendus par le ventre arrondi, touchaient presque la chemise du jeune Voleur. Elle sentit le *Fleuve* accélérer le rythme de ses flots. Elle jugea que la situation n'était pas encore assez grave et maintint le Rayon à la frontière de son regard.

Maurice défia le gardien durant quelques secondes. Puis il recula d'un pas.

- « Tu prends la bonne décision, gamin » lui dit l'homme avec un sourire satisfait.

- « Ne crois à aucune victoire » lui répondit-il sans le quitter des yeux. « Nous nous reverrons bien plus tôt que tu ne penses. »

Il saisit la main de Xena et l'entraîna sur la place.

Le gardien avait déjà repris sa place dans son fauteuil.

**

Voltigeur survola la cité des Pêcheurs sans le moindre plaisir. Même à cette altitude, l'air lui semblait sale, vicié par les odeurs humaines. Il dépassa la côte découpée par le fil des rochers et laissa la mer d'argent défiler sous ses ailes. Un puissant parfum d'iode chassa les relents de la ville. Face à lui, le soleil se levait. Il décida de le rejoindre.

**

Après avoir fait mine de s'éloigner, Maurice s'assura d'un coup d'œil que le gardien ne les surveillait plus, puis ramena Xena vers le mur de l'école.

- « Il y a certainement une autre façon d'entrer » lui dit-il en l'entraînant.

Ils suivirent le mur jusqu'à son extrémité et s'engagèrent dans la ruelle qui longeait la cour de l'école. Ils firent encore une vingtaine de pas et découvrirent une petite porte enclavée dans la façade de pierre. La serrure qui dormait sous la poignée ronde n'augurait rien de bon. Xena essaya de la faire tourner. Sans succès.

- « Fermée !.. » dit-elle à l'attention de Maurice.

- « Crois-tu qu'une simple porte puisse arrêter le Prince des Voleurs ? » lui lança son sourire.

Il leva vers elle sa main qu'il maintenait fermée et ouvrit lentement les doigts. Dans sa paume apparut le trousseau du gardien.

Ils essayèrent une à une les clefs sur la petite serrure. La troisième était la bonne. Le pêne qui bloquait la porte glissa sans un bruit dans son logement et ils pénétrèrent dans la cour de l'école.

**

Rassemblés en petits groupes, les enfants attendaient l'appel de leurs professeurs. Les plus jeunes s'agitaient au fil de leurs jeux, se faisant parfois sermonner par leurs aînés, lorsque leurs courses devenaient trop bruyantes. Sous l'arche de la grande entrée le gardien maintenait le siège de son fauteuil, jambes allongées, le regard tourné vers la place. Ils s'approchèrent avec prudence des élèves.

Une fois de plus, Maurice fit la démonstration du véritable don qu'il possédait sitôt qu'il devait s'adresser à ses semblables. En quelques phrases, il fit taire les derniers murmures, captura les regards et attira l'attention de chacun. Il parlait avec peu de mots, n'utilisant que ceux qu'il jugeait indispensables et s'adressant à tous comme si chacun était unique. Convaincre semblait ne lui coûter aucun effort.

Il ne fallut que quelques secondes à Xena pour comprendre qu'elle avait eu raison de faire confiance aux enfants. Dés les premières phrases, ils saisirent l'importance de l'aide que leur demandait Maurice. Sans attendre, certains se dirigèrent vers leurs camarades plus éloignés et les ramenèrent vers elle. D'autres calmaient les plus jeunes et les encourageaient à écouter le message du Prince. Les cris cessèrent, les bavardages se turent et ils laissèrent aux mots de Maurice la liberté de les atteindre tous.

Peu à peu, les regards se tournèrent vers la lumière du *Fleuve*. Dans les yeux grands ouverts éclairés de surprise, s'éveillèrent alors les souvenirs des histoires chuchotées dans l'ombre rassurante de leur chambre, par la voix des mamans qui les menait vers leur sommeil d'enfants. Ce rêve qu'ils avaient fait cent fois était aujourd'hui réel. Devant eux se tenait La Chevalière. Et elle était là pour eux.

Alors que Maurice terminait son discours, une couronne de cheveux blonds faite de mille boucles se fraya un passage parmi les plus grands et s'avança vers elle. Un regard aussi clair qu'un ciel d'hiver s'envola à l'assaut des profondeurs du *Fleuve*. L'enfant qui lui souriait avait six ans, tout au plus et pour une fois, c'est elle qui dut se baisser pour se mettre à sa hauteur.

- « Tu es venue pour sauver mon papa, Chevalière ? » lui dit-t-il sans la quitter des yeux. « Tu es venue pour empêcher la guerre ?.. »

- « Comment t'appelle-tu ? » lui demanda-t-elle en prenant dans la sienne la main qu'il tendait vers elle.

- « Rémy » lui répondit-il dans un murmure.

- « Je suis venue pour que tu m'aides, Rémy » lui dit-elle. « Je suis venue pour que vous m'aidiez tous. Seule, je ne peux rien, mais ensemble, nous serons plus forts que la guerre et que les soldats qui veulent la faire. Ensemble nous sauverons ton papa et nous ramènerons dans le Royaume la paix qui n'aurait jamais du le quitter. Est-ce que tu veux bien m'aider, Rémy ? »

Ils confièrent au silence le soin de prolonger leurs rêves. Les enfants savent se taire lorsque seul leur cœur parle. Leurs yeux qui ne la quittaient plus s'emplirent de ces images qu'ils n'oublieraient jamais. Puis la réponse vint, lancée par le sourire de Rémy et répétée par tous, avec cette certitude absolue, définitive, que seule peut porter la promesse d'un enfant.

« Nous serons là, Chevalière. Nous serons là… »

**

Maurice, le premier, prit conscience du danger. Intrigué par l'attroupement qui s'était créé autour d'eux, interrompant les cris qui berçaient son demi sommeil, le gardien commençait à s'intéresser d'un peu trop prés à ce qui se passait dans la cour de l'école. Il fit part de ses craintes à Xena et aux élèves les plus proches, résumant en quelques mots leur première rencontre avec l'homme qui surveillait l'entrée. Le message passa des uns aux autres et les enfants s'éloignèrent en silence. Seuls quelques-uns maintinrent autour d'eux un rang suffisamment serré pour que le gardien ne puisse pas les voir. Dans sa main, elle tenait toujours celle de Rémy.

Le petit groupe se rapprocha de l'entrée. Quand ils ne furent plus qu'à quelques pas de la porte, Rémy tendit vers elle la douceur de ses yeux clairs. Son sourire brûlait comme le feu du ciel. Puis il lâcha sa main. Sur un signe du jeune Voleur, le groupe s'ouvrit devant eux et ils s'élancèrent vers l'entrée. En quelques pas, ils atteignirent la porte.

Lorsqu'il les vit, le gardien sursauta sous sa moustache. Bien décidé à intercepter les intrus, il lança ses jambes en avant et tenta de se lever. Mais une fois de plus, ses fesses trop larges furent bloquées par les bras du fauteuil. La lourde chaise stoppa net son élan et le fit basculer vers l'avant. Il essaya de retrouver son équilibre en agitant les bras en tous sens, puis comprit qu'il avait perdu ce combat et se prépara au choc. Ses mains tendues devant lui n'eurent pas à l'amortir : son ventre rebondi s'en chargea. Un nuage de poussière se lança aussitôt à l'assaut de sa moustache dont il fit sa première victime. Jusqu'ici aussi sombre qu'une nuit sans étoile, elle se couvrit d'une épaisse pellicule blanche.

Maurice ralentit sa course et s'arrêta à la hauteur du gardien qui ne gardait plus rien.

- « Je t'avais dit que nous nous reverrions, gardien » lui dit-il en se penchant vers lui. « Souviens-toi désormais de la promesse des Voleurs. Ils tiennent toujours parole. De même qu'ils rendent toujours l'objet de leurs emprunts : Ceci t'appartient, je crois ! »

Il posa le trousseau de clefs devant les moustaches inoffensives. La seule chose que le gardien put attraper ce jour-là fut l'éclat de son sourire.

Il retrouva Xena alors qu'elle s'engageait sur l'esplanade. Il lui saisit la main et l'entraîna avec lui. Ils s'élancèrent sur la Place de la Barque, portés par les cris des élèves qui confiaient au vent l'écho de leurs rires. Ils n'avaient plus rien à fuir, mais les enfants n'ont jamais besoin de raisons pour courir, si ce n'est cette volonté farouche de rattraper le temps et d'en user chaque seconde à la force de leur envie de vivre.

**

Ils couraient toujours lorsqu'ils atteignirent l'imposante avenue qui fuyait vers le port. Sans l'avertissement du *Fleuve* qui força Xena à ralentir, ils auraient sans doute percuté de plein fouet le *Nain aux cheveux rouges*.

Il était bien plus petit qu'eux, mais les pinceaux du temps avaient tracé sur son visage les chemins suivis par ses ans. Il portait un pantalon de toile et une chemise taillée dans une quantité de tissu qui n'aurait pas suffit à faire un tricot d'enfant. Ses traits d'une maigreur extrême abritaient un regard totalement inexpressif que rien ne semblait pouvoir éveiller. Il aurait été quasiment invisible si du bandeau noué qu'il portait autour de la tête ne s'était échappée une cascade de cheveux aussi rouges que les champs de pavot qui s'étendaient sur les plaines vallonnées des Hautes-Pierres.

Ils ne s'arrêtèrent qu'à quelques centimètres de lui, Xena retenant Maurice à la dernière seconde, sans qu'il n'esquisse le moindre mouvement pour tenter de se soustraire à leur course.

Il ne leur parla pas, mais ils comprirent ses silences et lorsqu'il fit demi-tour et s'engagea dans l'avenue, louvoyant entre les passants qui ne lui accordaient pas la moindre attention, ils se lancèrent à sa poursuite.

Ils longèrent les boutiques de la grande rue devant lesquelles les femmes, panier à la main, s'affairaient autour des étals multicolores débordant de fruits et de légumes. Plus loin, de grands bacs de bois emplis de glace offraient le choix de toutes sortes de poissons dont les écailles brillaient dans la lumière du matin. Les discussions s'emballaient entre les marchands qui vantaient la qualité de leurs produits et les clientes qui discutaient les prix avec fougue. Cette pratique, visiblement courante chez les Pêcheurs, donnait lieu à d'interminables échanges où chacun semblait prendre un plaisir réel. Parfois, entre ces devantures animées, se glissait une petite échoppe aux vitrines étroites somptueusement décorées, dans lesquelles étaient exposées des collections de vêtements et des parures de bijoux qui témoignaient du talent et du goût dont ce peuple semblait faire preuve dans tout ce qu'il entreprenait.

Ils n'eurent que peu de temps à accorder à l'observation du théâtre de la rue tant la course qu'ils avaient engagée avec les cheveux rouges réclamait leur attention. Le petit homme évitait avec une adresse impressionnante les géants qui se ruaient vers lui, disparaissant dans la foule pour réapparaître quelques mètres plus loin. Ils le perdirent, le retrouvèrent, apparition furtive aussitôt dissimulée par les hautes silhouettes entre lesquelles il se glissait et finirent par abandonner toute autre préoccupation pour ne se consacrer qu'à leur poursuite.

Ils atteignirent enfin le port. Hors d'haleine, Xena et Maurice étaient disposés à invoquer n'importe quel prétexte pour tenter de reprendre leur souffle. Ils n'en n'eurent pas besoin : la magie du delta se passait de raisons.

Au cœur de l'estuaire, le fleuve déversait la fureur de ses flots dans la mer d'argent, jetant ses dernières forces dans la lutte éternelle qu'il menait contre l'océan. Dans une éruption permanente, tourbillons et geysers d'écume se ruaient vers le ciel avant de rejoindre la colère des eaux dans des gerbes éblouissantes. Les deux géants s'affrontaient, hurlant leur rage dans un fracas assourdissant. Les courants venus des montagnes étaient repoussés par la marée qui lançait ses cohortes de vagues à l'assaut de l'envahisseur. Poussés par les vents, l'iode, fille du large et la fade odeur de la vase, luttaient pour la possession de l'air. Plus loin, insensibles à l'horreur des combats, la mer et le fleuve, l'une étirant ses reflets jusqu'aux confins de l'horizon, l'autre déroulant ses flots venus des montagnes, semblaient n'accorder aucun intérêt à l'enfer dans lequel ils se jetteraient bientôt.

Ils se regardèrent, échangeant en silence l'émerveillement de leurs yeux d'enfants et découvrant ensemble ce sentiment étrange qui fait que rien n'est jamais aussi beau que lorsqu'on le partage.

A l'abri du regard de Maurice, elle s'aperçut alors qu'elle tenait toujours sa main dans la sienne. Ce contact, qu'elle connaissait pourtant, ne ressemblait en rien au souvenir réconfortant de la main de ses parents qu'elle attrapait parfois - *image d'un monde loin, si loin* - pour traverser une rue ou par peur de s'égarer dans la foule. Il lui procurait pourtant un bien-être étonnant, un sentiment profond et puissant qui semblait effacer peu à peu tous les autres. Elle décida de s'y abandonner, pour mieux le découvrir. Le monde autour d'elle se teinta de couleurs claires, l'écho des cris du port s'évanouit, ne laissant place qu'à la lointaine musique de l'eau. L'univers tout entier se concentra dans cette main qu'elle tenait et qui se balançait dans la sienne. Le reste importait peu, là était l'essentiel. Entre surprise et ravissement, elle tenta d'analyser ses propres impressions avec la froide logique qu'elle mettait habituellement dans l'observation de toutes choses. Elle ne parvint à aucun résultat, si ce n'est l'incontournable certitude que cet échec ne la dérangeait pas, bien au contraire.

Le *Fleuve* s'agita dans ses veines : il connaissait la réponse. « Moi aussi » lui souffla-t-elle en souriant. « Moi aussi... »

La voix muette du nain se glissa dans ses pensées.

Il avait pris la direction des quais.

- « Le plus surprenant est que personne à part nous ne semble le voir » chuchota-t-elle à l'attention de Maurice en l'entraînant à sa suite. Comme pour lui donner raison, le petit homme dut se jeter sur le coté pour éviter le pas rapide d'un marin à la barbe couleur de sel qui se dirigeait droit vers lui. Maurice n'avait rien à lui répondre.

Ils suivirent le quai de granit qui dormait sous le soleil. L'eau paresseuse attendait le soir et le retour des bateaux. A l'abri des volets clos, des marins qui avaient oublié la couleur du ciel, confiaient au sommeil le soin de les conduire vers une nouvelle nuit, que la mer leur volerait aussi. Dessinant leurs ombres allongées à l'encre des reflets de l'eau, de grands oiseaux blancs planaient en silence, abandonnant leur destin aux courants des vents. Seules quelques coques rouillées, s'échappant des cales sèches, veillaient d'un œil muet sur le repos du port.

Le nain s'arrêta enfin à la hauteur d'une vieille porte que les embruns avaient décorée de nuages de sel. Au dessus de l'entrée, quelques tuiles cassées s'accrochaient avec courage à une petite structure de bois qui, dans des temps anciens, avait du être un toit. Un panneau de fer, rongé par la rouille, se balançait au bout d'une courte chaîne dont les maillons semblaient aussi fragiles que la poutre qui la retenait. « Lequel cèdera le premier ? » se demanda Xena en déchiffrant une à une les lettres à demi effacées de l'enseigne. *Auberge des Sœurs du Tonnerre* lui répondit après quelques instants le panneau qui se posait sans doute la même question.

Le nain tendit le bras et montra la porte du doigt.

Elle avança la première et posa la main sur le bois blessé de la porte qui s'ouvrit avant même qu'elle ne la touche, en grinçant faiblement sur ses gongs.

Et ils entrèrent dans l'auberge.

**

L'obscurité qui régnait dans la pièce les aveugla. Ils s'immobilisèrent, attendant que leur regard s'accommode. Peu à peu, les contours de la salle se dessinèrent. Quelques tables, entourées de chaises épuisées, tentaient de résister aux assauts de l'oubli. Un bar, bien plus vieux que le temps, soutenait un long comptoir de cuivre qui étouffait sous la poussière. Quelques bouteilles vides se souvenaient en silence des conversations des marins et du chant des goulots qui remplissaient les verres. De grandes roues aux rayons de bois pendaient à un plafond bas. Des bougies étincelantes qu'elles avaient portées ne subsistaient que quelques larmes de cire qui avaient oublié l'éclat de la lumière.

La voix s'échappa de l'ombre aveugle qui noyait le fond de la salle.

- « Vous voici enfin » leur dit Mayerlin. « Si vous voulez bien retrouver l'usage de vos jambes, peut-être pourriez-vous me rejoindre. Nous n'avons que peu de temps. »

**

« Le Roi Roland pensait que tu disposais encore de quelques jours, Chevalière » commença Le Magicien alors qu'ils s'asseyaient en face de lui. « Mais le message est arrivé hier en provenance des Hautes-Pierres. Mordar a convoqué Cillia dans la *Vallée du sang* et malgré les suppliques des émissaires du Roi, la Princesse a relevé le défi. Il s'agit d'une ancienne coutume, abolie par Roland le Brave lors de l'unification du Royaume. Les deux armées se retrouveront dans deux jours et combattrons face à face, jusqu'à ce que le dernier soldat de l'un ou de l'autre camp soit tué. Le vainqueur prendra la tête des deux tribus et bannira le vaincu. Le recours à cette pratique barbare est l'ultime provocation que Mordar adresse à Roland. Nous ne nous faisons aucune illusion sur les intentions du Prince des Hauts-Vivants si il remporte la victoire. Nous savons qu'il a déjà entamé des discussions avec Thorll, le Chef du peuple des Sans-Nom, qui vit au-delà de la frontière de l'ouest. Sans doute lui a-t-il promis les terres des Pêcheurs pour obtenir son appui. Quoi qu'il en soit, nous sommes désormais convaincus que sa guerre avec Cillia n'est qu'une excuse et que son but véritable est la destruction du Royaume et le retour du chaos sur les terres de Mégis.

« Tous les Chefs de tribus ont compris l'urgence de la situation et ont confirmé leur soutien à Roland. Ugo a mis son armée à la disposition du Royaume, mais une partie du peuple des Nains doit maintenir la surveillance des frontières du Nord. Le Peuple des Ombres ne quittera ses forêts qu'en dernier recours, mais le Prince Allan a lui aussi assuré le Roi de son dévouement. Les Voleurs de Ruben ne sont pas des soldats, mais ils sont prêts à rejoindre les troupes de Mégis pour défendre le Royaume. A Mégis enfin, Roland a fait armer tous les hommes valides et il sait qu'il pourra compter sur leur fidélité sans faille. Mais si Mordar élimine l'armée de Cillia et allie ses hommes aux barbares de Thorll, le courage et la loyauté des Mégissiens seront-t-ils suffisant pour sauver le Royaume ? Et même en cas de victoire, combien de temps mettrons-nous à guérir des blessures que nous infligera cette guerre ?...

« Tu es l'espoir le plus sûr de Roland, Princesse, mais le temps t'est désormais compté. Les enfants des Pêcheurs que tu as vus aujourd'hui te suivrons jusqu'au bout de ta quête. Déjà le message de la Chevalière passe de lèvres en lèvres et les yeux de Rémy portent les mots de Maurice à ceux qui ne les ont pas entendus. Ruben, de son coté, a réuni les fils et les filles des Voleurs et ils préviennent en ce moment même les enfants de Mégis. Ils seront eux aussi à tes cotés. Mais il reste les enfants des Hauts-Vivants, sans lesquels rien ne sera possible. Maurice et toi êtes les seuls à pouvoir rejoindre Kerys, la cité de Mordar, et à porter jusqu'à eux le message que tu dois leur transmettre. Le destin du Royaume est plus que jamais entre tes mains, Chevalière, mais vous devez vous hâter, car chaque seconde rapproche désormais le Royaume de la guerre qui le menace et qui causera peut-être sa fin. »

Ils se levèrent en même temps que Le Magicien.

Il n'y avait aucune réponse à donner à Mayerlin et il n'en attendait aucune. Ils le savaient et ils se turent. Dans les yeux de Xena, les eaux du *Fleuve* s'étaient figées au son des mots du vieil homme, mais ses flots se déversaient de nouveau avec fureur dans son regard alors qu'elle se dirigeait vers le cadre brillant de la porte.

Quoi qu'il arrive, elle n'abandonnerait pas Roland.

Elle n'abandonnerait pas le Royaume.

**

Ils sortirent et retrouvèrent la lumière du quai. Ils pensaient n'avoir passé que quelques minutes à l'intérieur de l'auberge, mais la course du soleil qui plongeait vers le couchant leur révéla le mensonge du temps.

Maurice fouillait le port des yeux.

- « Aurais-tu perdu quelque chose, jeune Prince ? » lui lança le

Magicien.

- « Où est passé le nain ? » demanda Maurice.

- « Un nain ?... Quel nain ? » interrogea Mayerlin amusé.

- « Le nain aux cheveux rouges... Celui qui nous a conduit jusqu'à l'auberge. »

- « Un nain aux cheveux rouges... et une auberge » fit Mayerlin en s'éloignant vers une extrémité du quai qui ne menait qu'à la mer. « Tu as décidément une imagination surprenante. A moins que la chaleur du soleil de Miraal n'y soit pour quelque chose. »

Ils se tournèrent vers la porte qu'ils venaient de franchir. Le mur blanc leur renvoya leur surprise. Il n'y avait pas de porte. Il n'y avait pas d'auberge.

Et lorsque leurs regards retrouvèrent le quai, il n'y avait pas de Magicien.

Bien entendu...

ATTAQUE

- « Nous partirons ce soir ! » répéta Maurice pour la dixième fois.

Les voix de Franck et Franck se faisaient de plus en plus suppliantes.
- « Il fera nuit… »
- « Dans quelques heures… »
- « Et les routes… »
- « Ne sont pas sûres… »
- « Infestées de brigands… »
- « Et de rôdeurs… »

Elle reconnut le geste par lequel il les interrompit : bras tendu, main ouverte, comme si il caressait le vide. Un mouvement instinctif qu'il découvrait encore, mais qui, dans quelques années, s'imposerait jusqu'aux confins du Royaume, associé dans l'esprit de tous au nom du Prince Maurice, le Prince à l'Aigle. Un simple geste dont la seule évocation suffirait à réchauffer le cœur de ses amis et à faire trembler la main de ses ennemis. Dans quelques années, à peine…

Il se hissa avec légèreté sur son cheval. Elle était déjà installée sur la selle aux reflets d'argent de *Neige*.

**

Voltigeur était posé sur une branche qui dansait avec le vent. Sa journée en mer avait détendu son corps et calmé le feu de son esprit. Il était un Aigle, un oiseau de solitude, incapable de s'attacher à quiconque, ni d'éprouver le moindre manque. Il était fait pour vivre seul.

Juste avant que les chevaux ne s'élancent, il entendit le murmure du *Fleuve* qui se moquait de ses promesses. Puis la *Fille aux yeux de ciel* et le jeune Voleur s'éloignèrent. Il les suivit.

**

Ils suivirent la piste de terre qui traversait le pays des Pêcheurs. Longtemps, ils longèrent les rangées de vignes alignées entre les sillons profonds et les champs d'arbres fruitiers qui se gorgeaient des richesses du sol. Guidant la course de la route, le fleuve dirigeait avec nonchalance ses eaux brillantes vers la mer. Puis les arbres se firent plus rares, se dispersant sans ordre sur les derniers champs, trop éloignés pour être exploités. Alors vinrent les étendues sans fin des prairies qui dansaient au rythme des caresses du vent.

Une fois de plus, elle éprouva ce sentiment de liberté qu'elle ne trouverait jamais ailleurs que sur les terres du Royaume. L'horizon était un océan, fait de flots verts et bleus qui se perdaient aux frontières du ciel. Elle se laissa porter par ces espaces infinis, bercée par la musique du vent qui fredonnait à ses oreilles la chanson des Anciens. Le temps s'immobilisa, figeant chaque chose, des souvenirs les plus lointains, des hasards les plus incertains, tous la menant à ce présent qui la comblait de vie. Son avenir était à elle. Elle seule pouvait l'écrire. Les ombres n'existaient plus au cœur de ces secondes immobiles, ni la peur, ni le doute, repoussés par cette certitude qu'elle se trouvait là où elle devait être, qu'elle ferait ce pour quoi elle était faite. Elle accueillit le serment de son destin. En était-elle l'instrument ou le dirigeait-elle ? La question était sans importance.

**

Voltigeur arpentait le ciel, insensible à la fuite du jour. L'obscurité ne le gênait pas. Son regard s'habituait aussi facilement à la lumière du soleil qu'à la pénombre de la nuit. Les cavaliers atteignaient les premières forêts de la Montagne Noire. Il distingua sans aucune difficulté les silhouettes d'ombre qui se dissimulaient entre les arbres, se dirigeant vers la *Fille aux yeux de ciel*. Son instinct ne connaissait pas le doute.

Le cri qu'il lança déchira le silence du crépuscule.

**

Le *Fleuve* répondit à l'appel de l'aigle et ses yeux s'éclairèrent du bleu rugissant de ses flots. Elle tira sur les rênes et tendit le bras vers Maurice pour le forcer à s'arrêter. Les deux hommes avaient abandonné l'abri des arbres pour rejoindre le chemin. Ils étaient vêtus de haillons et leurs cheveux sales se répandaient sans ordre sur leurs épaules. L'un portait sur l'œil droit un bandeau de cuir sale d'où s'échappait une cicatrice qui courrait jusqu'à ses lèvres. Il tenait à la main une arbalète qu'il maintenait dirigée vers eux. Son compagnon brandissait une massue de bois hérissée de tessons d'acier qu'il faisait tourner dans sa main.

La vague du Rayon se rua aux frontières de son regard, n'attendant que son ordre. Celui-ci ne vint jamais. Maurice avait lancé les bras vers l'avant. Ses mains étaient tendues devant lui, grandes ouvertes. Un sifflement furtif réveilla le silence de la forêt. La première lame frappa l'homme au bandeau à la jointure de l'épaule, disparaissant entièrement dans l'épaisseur du muscle. L'os de la clavicule se brisa dans un craquement. Le bras qui tenait l'arbalète perdit toute force et laissa échapper l'arme qui tomba sur le sol. L'autre lame perfora la main qui serrait la massue, sectionnant les tendons et inondant de sang les doigts qui lâchèrent prise.

Elle se tourna vers Maurice. Il avait replié les bras qu'il tenait croisés, haut sur sa poitrine. Dans la main qu'elle pouvait voir brillait l'acier d'une nouvelle lame. Elle devina dans l'autre celle qu'elle ne voyait pas. Leurs regards se croisèrent et le *Fleuve* inonda de lumière les pupilles sombres du Prince. Il y trouva sans peine la force et le courage qui guideraient bientôt les pas de son destin vers ceux de tout un monde. Mais au-delà du masque de ses yeux, il saisit le murmure d'une implacable tristesse. Dans le silence clair des secrets de son cœur, il lui avoua sa certitude que toute forme de violence est un constat d'échec et que l'emploi de la force, quel que soit le but qu'on voudrait qu'elle serve, est toujours l'aveu d'une défaite.

Il se tourna vers les deux hommes qui fixaient le néant. Sa voix ne tremblait pas lorsqu'il s'adressa à eux.

- « Je suis Maurice, fils de Ruben, Prince des Voleurs » lança-t-il. « Sitôt que j'ai eu l'age de les manier, mon père m'a enseigné l'Art des Lames de Nacaa, la Voleuse aux Cent Vies. En son nom et sous le regard des miens, j'ai fait le serment de n'utiliser ces armes que pour me défendre et de respecter toute forme d'existence. Le fait que vous ne soyez que blessés prouve que je respecte aussi vos vies, aussi insignifiantes soient-elles. Mais soyez sûrs que si vous faites un pas de plus vers le but stupide que vous vous êtes fixé, le soleil se lèvera demain sur un monde débarrassé de deux vermines dont personne ne pleurera jamais l'absence. »

Les brigands décidèrent de le croire. Leurs yeux ne quittaient pas l'éclat brillant qui dormait dans les mains du voleur. Ils ne se mirent à courir que lorsqu'ils atteignirent l'orée des arbres. La forêt, indulgente, accueillit leur fuite et les fit disparaître.

Maurice décroisa les bras et laissa ses mains retomber sur ses jambes. Les lames avaient disparu, comme si elles n'avaient jamais existé.

- « Jusqu'à ce jour, je n'avais jamais blessé que des cibles de bois et quelquefois le tronc sur lequel elles étaient posées » dit-il sans la regarder. « Le temps doit-il toujours changer les choses, même celles auxquelles on tient le plus ? »

- « Tu as fait ce que tu devais faire » lui répondit-elle. «Ruben serait fier de son fils. »

Il se tourna vers elle et rencontra son sourire. Il hésita encore un instant, puis avec cette soudaineté qui n'appartient qu'aux enfants, il oublia ses doutes. Le passé était écrit. Seul l'avenir comptait.

Il rattrapa les rênes et talonna son cheval.

- « Nous devons nous remettre en route, Kerys n'est plus très loin » lui lança-t-il dans un rire.

Elle le regarda s'éloigner. Elle souriait. Le *Fleuve* glissa quelques mots au creux de son oreille et son sourire s'élargit encore. Puis, elle lança *Neige* à sa poursuite.

KERYS

Ils gravissaient la dernière portion de la piste. Le chemin avait été long et éprouvant. La nuit avait envahi la totalité du ciel et l'ombre des arbres la rendait encore plus sombre. Les chevaux allaient à un pas lent, trébuchant sur les racines invisibles. Ils avaient aperçu les lumières de Kerys, loin au dessus d'eux, bien avant de l'atteindre et avaient encore ralenti, s'efforçant d'avancer en silence. Ils franchirent un ultime lacet et la cité des Hauts-Vivants leur apparut enfin.

Ils s'arrêtèrent à quelques mètres de la frontière des arbres, maintenant les chevaux sous le couvert. De l'endroit où ils se trouvaient, ils ne voyaient qu'une partie de la ville fortifiée, mais cela leur suffisait.

Au sommet des remparts faits de rondins de bois, brûlaient de gigantesques brasiers, allumés dans des vasques noircies par la fumée. Les flammes éclairaient la clairière jusqu'aux abords de la forêt. Des soldats lourdement armés circulaient sur un chemin de ronde, certains maintenant sur leur bras pliés de lourdes arbalètes, d'autres dirigeant vers le ciel de longues lances dont les pointes d'acier capturaient les reflets des feux. Plus loin, la silhouette sombre d'une tour de garde surplombait les grands cèdres. Par temps clair, elle devait permettre aux guetteurs de voir jusqu'aux confins de la plaine.

« Kerys a toujours eu une vocation guerrière » avait expliqué le Roi des Voleurs. *« La frontière entre Mégis et les terres de Thorll se trouve sur l'autre versant de la Montagne Noire et la cité a été bâtie pour défendre le Royaume des invasions des Sans-Nom. Vous ne pourrez l'approcher que de nuit. Le jour, les patrouilles du Prince sillonnent la forêt et arrêtent tous ceux qui s'y trouvent. »*

Ils attachèrent les chevaux et avancèrent jusqu'à la limite des derniers arbres. Devant eux se dressait l'*Arche des Vents*, l'unique accès à Kerys. Le passage s'ouvrait sur une rue pavée qui s'étirait vers le centre de la ville. Une garnison de soldats en défendaient l'accès, quelques-uns patrouillant le long des remparts, les autres regroupés autour des feux qui étaient allumés à même le sol. Au dessus de la porte, les archers, protégés par des boucliers de bois, se tenaient prêts à repousser toute attaque.

« Ne cherchez pas à entrer dans Kerys » avait averti Ruben. « Même avec l'aide de la nuit, vous n'atteindriez jamais la porte. Contentez-vous d'attendre. Celui que vous devrez rencontrer viendra jusqu'à vous. »

Ils s'allongèrent cote à cote sur les tapis de mousse qui couvraient le sol et la tête posée sur leurs mains croisées, ils attendirent. Le temps leur parût sans doute bien plus long qu'il ne le fût vraiment : C'est un caprice bien connu des heures que de s'enfuir lorsqu'elles nous manquent et de s'étendre dés lors qu'on les compte. Autour d'eux, la forêt frissonnait aux murmures de la nuit. A la lumière d'une lune claire, le ciel veillait sur le monde.

Si il y eut une alerte, ils ne l'entendirent pas. Sur le mur, les archers les premiers se levèrent, une flèche glissée sur la corde tendue de leur arc. Au sol, les soldats en patrouille se regroupèrent en ligne, s'immobilisant le long des remparts. La troupe qui défendait l'entrée forma un double rang, s'alignant sur chaque coté de la porte. Celui qui semblait être leur chef vérifia rapidement leur position, puis vint se placer face à l'entrée. Ils se figèrent ainsi, une main sur la poignée de l'épée qui pendait à leur ceinture, l'autre posée sur leur poitrine, poing fermé. Tout mouvement cessa, les ombres seules poursuivant la danse légère que leur imposaient les flammes.

Dans l'encadrement de l'Arche, se dessina enfin l'ombre d'une silhouette. L'inconnu était vêtu d'une longue cape dont les pans effleuraient le sol. Son visage restait invisible, enfoui dans l'ombre d'une profonde capuche. Il s'engagea entre les soldats alignés, révélant le secret de sa petite taille : Il s'agissait d'un enfant.

Il franchit la distance qui le séparait des arbres, se dirigeant droit vers leur cachette d'ombre. Sans se consulter, ils se plaquèrent sur le sol humide. Il n'était plus qu'à quelques pas lorsqu'il obliqua vers la gauche et prit la direction du chemin. Ils ne purent distinguer son visage, toujours dissimulé par la capuche, mais juste avant qu'il n'échappe à leur regard, il fit jaillir une de ses mains de la manche dans laquelle elle était glissée. Ils ne comprirent pas le sens du ballet de ses doigts, mais son geste était bien trop précis pour n'être du qu'au hasard.

- « Il sait que nous sommes là » glissa Maurice à l'oreille de Xena. « Et il nous invite à le suivre. »

Ils se levèrent ensemble.

VINCENT

Ils se glissèrent dans l'ombre des arbres et le retrouvèrent alors qu'il atteignait l'endroit où ils avaient laissé les chevaux. S'il les vit, il n'en laissa rien paraître, maintenant le rythme de son pas rapide. Avant d'atteindre le premier lacet du chemin, il tourna sur sa droite et s'engagea sur un sentier invisible qui se frayait un passage entre les buissons. Ils coururent pour ne pas le perdre, jugeant dans l'échange d'un regard étonné que l'aventure valait bien un sourire, et se jetèrent dans l'épaisse forêt, à la poursuite de son ombre. Ils le perdirent au détour d'un taillis trop sombre, puis le retrouvèrent à la faveur d'un rayon de lune égaré. Il les guida ainsi, suivant la voix des arbres que lui seul entendait, puis s'arrêta enfin et attendit qu'ils le rejoignent. Il ne se retourna pas lorsqu'il s'adressa à eux.

- « Mon nom est Vincent » leur dit-il dans le murmure d'une voix qui chantait. « Je suis le fils de Mordar, Prince des Hauts-Vivants, et je suis venu entendre ton message, Chevalière. Je le porterai ensuite aux enfants de Kerys et j'essaierai de les convaincre de t'aider. »

- « Et tu penses que nous allons confier le message de la Chevalière au fils de Mordar ? » lui répondit Maurice, porté par une colère qu'elle ne lui connaissait pas. « Ton père est un traître dont l'unique but est la destruction du Royaume. Pourquoi devrions-nous faire confiance à son fils ? »

Vincent laissa s'éteindre les mots du Voleur. Puis il leva lentement les mains, saisissant les rebords de sa capuche qu'il fit glisser sur ses longs cheveux bruns. Avec la même lenteur, il se tourna et leur fit face. Il était un peu plus grand que Maurice, plus fin aussi, ses épaules n'ayant pas la largeur de celles du Prince. Son visage exprimait une douceur surprenante. Un sourire hésitant éclairait le regard couleur de bois que lui avaient offert les montagnes. Tenter de percer les secrets du masque de ses yeux relevait du prodige et rares seraient ceux, au cours de sa longue vie, qui parviendraient à atteindre l'univers de sa vérité. Le *Fleuve* fut le premier, sans doute. « Écoute-le » souffla-t-il à Xena. « Écoute-le… »

- « Cette forêt est mon monde, celui que je rejoins chaque fois que je le peux » leur dit la voix chantante. « Elle est ce que je suis et ce que je serai. Ici n'existe que ce qui doit être. La voix des arbres ne ment jamais, lorsqu'elle me raconte l'histoire de mon peuple et de ceux qui l'ont fait. Il y a un an, à l'endroit où nous nous trouvons, j'ai été attaqué par un ours que la faim avait poussé aux portes de la cité. L'homme qui m'a sauvé avait la force et le courage des Anciens. Il n'a eu aucun mal à chasser l'animal. Mais alors qu'il soignait mes blessures et me ramenait à la vie que je lui dois désormais, j'ai découvert que son courage n'avait rien à voir avec la puissance de ses bras. C'est dans la chaleur de son cœur que se trouvait sa véritable force. Cet homme qui, comme toi, condamnait les sombres projets de Mordar, a compris que la traîtrise d'un père n'est pas forcément celle d'un fils et qu'au spectacle des erreurs d'un soldat qui ne croit qu'à la guerre, un enfant peut trouver le chemin de la paix et décider d'en faire sa voie. Cet homme s'appelle Ruben, Maurice. Il est ton Roi et le Roi des Voleurs. Ce que ton père a compris, pourras-tu le comprendre aussi ? »

Le regard du Voleur rencontra celui du Haut vivant. Autour d'eux, la forêt se taisait. L'amitié qui peut unir deux hommes met parfois des années à trouver son chemin. Celle qui naquit entre eux n'eut besoin que d'un instant. Elle vivrait bien plus longtemps qu'eux, défiant le temps lui-même et les portant dans ce monde et dans ceux qui le suivraient.

Pour l'heure, ce ne fut qu'un regard.

Seuls les grands arbres savaient.

Il ne les interrompit pas lorsqu'ils lui expliquèrent ce qu'ils devaient faire. Il les écouta en silence, les yeux fixés sur les ombres de la forêt qui ne dansaient que pour lui. Il ne posa aucune question. Les mots étaient précieux pour cet enfant solitaire. Il ne les gaspillait pas.

- « Vous devez vous reposer » leur dit-il simplement lorsqu'ils eurent terminé. « Nous allons récupérer vos chevaux. Je vous conduirai ensuite dans un endroit où vous pourrez passer la nuit. »

**

Ils marchèrent longtemps pour rejoindre la clairière à laquelle il les mena. Ni Xena, ni Maurice n'auraient su dire où ils se trouvaient. Les sentiers se succédaient, s'accrochant à des parois escarpées puis glissant dans des ravins étroits, sans que jamais Vincent ne semble hésiter. La forêt le guidait. Il suivait la voix des arbres.

La cabane était faite de troncs et surmontée d'un tissage de branches qui se fondait dans les couleurs du sous-bois. Plus loin coulait un ruisseau, né des glaciers qui couvraient les sommets. Les chevaux y étanchèrent leur soif. Au dessus de la clairière, le toit de la forêt s'ouvrait, dévoilant le secret des étoiles.

-« Peu de gens connaissent ce lieu » leur dit-il. « Il ne reste que quelques heures à la nuit, mais vous pourrez les passer ici. Demain, vous n'aurez qu'à suivre le ruisseau. Il vous conduira jusqu'à la vallée. » Sa voix n'était qu'un murmure, porté par le souffle de la nuit. « Ton père m'a chargé d'un message » poursuivit-il en s'adressant à Maurice. « Il demande que tu conduises Xena à *La Mère*. Il vous y rejoindra. »

Avec ces gestes lents qui lui vaudraient, plus tard, son curieux surnom, il remit sa capuche et tira le col de sa cape. Il se tourna vers la forêt et fit quelques pas en direction de l'obscurité. Il ne s'arrêta qu'à la lisière des premiers arbres.

- « Je les guiderai jusqu'à toi, Chevalière. » dit-il avant de disparaître. « Les enfants de Kerys seront à tes cotés. »

**

Le sol était de terre, mais l'épais tapis d'herbes et de branches faisait un lit que leur fatigue accepta avec reconnaissance. Sous l'éclat discret de la lune, la cabane s'emplissait d'une lumière douce dans laquelle se perdaient les ombres.

Ils se couchèrent, côte à côte, s'abritant du manteau que leur faisait la nuit. Avant de se laisser aller au sommeil, elle se tourna vers Maurice.

- « J'ai encore une chose à te demander » lui glissa-t-elle. « Qu'est-ce qu'une *Daÿlane* ? »

La lumière n'était pas suffisante pour laisser s'exprimer les détails. Mais elle sentit le sursaut du Voleur et devina le rouge qui lui montait aux joues. Les yeux écarquillés il lui fallu quelques secondes pour se souvenir qu'il devait respirer. Il prit enfin une longue inspiration qui n'empêcha pas sa voix de trembler.

- « Il faut dormir, maintenant » réussit-il à dire en lui tournant le dos. « Nous parlerons de *ça* une autre fois. »

Elle ferma les yeux.

Le *Fleuve* riait toujours.

LA MERE

Les chevaux allaient au pas, intrigués par le sol instable. Les grands châtaigniers laissaient passer la lumière, les accueillant dans l'ombre claire de leur domaine. Suspendu aux reflets du ciel, l'orchestre des oiseaux offrait au silence du sous-bois un concert fait de mille sons. Si il avait existé un chemin, il était désormais invisible, noyé sous les bogues que les sabots foulaient. Au loin, la voix étouffée d'une cascade racontait aux arbres une histoire plus vieille que le monde lui-même.

**

Leur nuit n'avait duré que quelques heures, mais les enfants aiment suffisamment la vie pour ne pas la laisser se perdre dans les contrées aveugles du sommeil. Ils s'étaient lavés à l'eau glaciale du ruisseau, puis ils avaient suivi son cours pour rejoindre la plaine. Ils n'avaient rencontré personne sous le couvert des arbres. Mais les sons et les cris qui leur parvenaient du sommet ne laissaient place à aucun doute : Dans le brouillard épais qui emprisonnait les hauteurs de la Montagne Noire, les soldats de Mordar s'entraînaient au combat.

Ils avaient retrouvé la vallée sous la chaleur naissante du ciel. Les chevaux, enfin libres, avaient adopté un galop soutenu, rythmant leur course aux échos des sabots qui faisaient vibrer le sol. Peu à peu, le soleil avait chassé le poids des ombres, faisant fuir le souvenir de Kerys et de ses soldats. Quand le chemin avait disparu, ils avaient suivi le flanc d'un petit mont au sommet arrondi par la main du vent. Puis ils avaient rejoint la Châtaigneraie.

**

Ils pénétrèrent dans la clairière et elle comprit pourquoi les arbres en gardaient si jalousement le secret. Le sol était couvert d'une herbe si verte qu'elle en était éblouissante. Sur leur droite, un mur de roche blanche s'arrondissait en son centre pour accueillir le lit d'une cascade qui déversait ses filets de diamants dans un bassin de pierres. L'eau dont elles étaient les gardiennes s'étirait entre le bleu du ciel et la pâleur de la paroi de grès. Les grands châtaigniers se penchaient sur ce monde de lumière qu'ils protégeaient de leurs regards d'ombre. Au centre se tenait la roulotte de *La Mère*.

**

Insensible à la beauté des lieux, *Voltigeur* se posa sans un bruit sur le toit de bois de la roulotte. L'endroit lui plaisait pour d'autres raisons : Le ciel était à portée d'ailes et la forêt grouillait d'animaux qui ne demandaient qu'à être chassés. Il braqua ses pupilles jaunes sur les chevaux qui avançaient aux pas. La *Fille aux yeux de ciel* et le Voleur approchaient. Le monde était à sa place. Le reste importait peu.

**

Ils mirent pied à terre et libérèrent les chevaux. La clairière ne supportait pas les entraves. Elle le leur criait en silence.

A quelques pas de la roulotte, une ronde de pierres noires abritait les cendres d'un ancien feu. Ils s'en approchèrent. A la hauteur du petit escalier de bois, Maurice s'adressa à Xena.

- « Tu dois y aller seule » lui dit-il en désignant la roulotte des yeux. « C'est à toi qu'elle veut parler. »

Elle hésita quelques secondes, prisonnière de la féerie des lieux. L'air portait jusqu'à elle les parfums du printemps. La mélodie des oiseaux répondait au chant léger du torrent. Au dessus d'eux, le ciel souriait. Elle leva les yeux et le *Fleuve* s'emplit de ses couleurs sans fin.

Elle se décida et gravit sur la pointe des pieds les quelques marches de bois. Elle poussa la porte qui s'ouvrit en silence.

- « Te voici enfin, Chevalière » lui dit la voix douce de *La Mère*. « Ce monde t'attend depuis si longtemps. »

**

- « Ne sois pas si impatiente, jeune Princesse » la coupa *La Mère* d'une voix amusée. « Je connais le poids de tes doutes et des questions que tu te poses. Je vais essayer d'y répondre en t'apprenant ce que je sais. Mais laisse à mes mots le temps de franchir mes lèvres. Et commence par approcher plutôt que de rester dans l'ombre. Mes yeux sont aussi usés que ma voix. Ils ont l'age des rides profondes qui creusent mon visage. »

Elle obéit et avança vers le fond de la roulotte. La lumière était hésitante, jouant avec les ombres claires. Les couleurs douces des tentures se mêlaient au brun mat des parois de bois. Malgré les fenêtres closes, l'air était plein du parfum des fleurs.

La Mère était assise dans un profond fauteuil dont les pieds disparaissaient sous le voile de châle blanc qui couvrait ses jambes. Son visage était fatigué, mais le feu qui éclairait son regard défiait chaque jour le passage du temps. De longs cheveux blancs coulaient sur ses épaules. Et au-delà du masque cruel de l'age qui avait creusé son visage des implacables sillons auquel nul n'échappe, elle était belle. Éternellement belle.

Alors qu'elle approchait, elle sentit la vibration légère. Sans s'arrêter de marcher, elle saisit la lanière de cuir et en retira le Cristal qui brillait d'une lumière douce. Elle fit encore un pas, laissant la pierre glisser sur le tissu léger de sa chemise. L'éclat qui jaillit du cœur de cristal plongea dans le regard sombre de la vieille femme. Son sourire s'élargit et ses yeux se fermèrent, emprisonnant l'éclair de lumière. Une larme échappa à ses paupières closes et roula sur sa joue. « Ils se retrouvent » chuchota le *Fleuve* à son oreille. « Ils se retrouvent enfin… »

Il n'y avait pas de chaise, mais aux pieds de la Mère dormait un gros coussin blanc. Elle y trouva naturellement sa place, entourant ses jambes pliées de ses bras. Elle leva les yeux, souriant à la femme sans âge.

Et *La Mère* lui parla.

LA LARME DE SOPHIE

- « Lorsqu'il quitta ce monde pour rejoindre celui de ses pères, Roland le Brave laissa un Royaume jeune et fragile. Mais les tribus qui le composaient étaient solidement unies et leurs chefs attachés à poursuivre l'œuvre de leur Roi. Il laissa aussi trois amis, qui pleurèrent longtemps son départ : Mayerlin le Magicien, que Roland avait recueilli alors qu'il n'était qu'un enfant, Salvan le Guerrier, auquel il avait confié son armée et Nacaa la Voleuse aux cent vies, la Maîtresse des Lames. Il laissa enfin un fils, Roland le Fort qui entreprit sans attendre de renforcer le Royaume et de protéger son peuple. Très vite, Mayerlin, Salvan et Nacaa se joignirent à lui et lui offrirent le respect et l'amitié qui les liait à son père. Il les accepta et ne les renia jamais.

« Puis vint le temps des guerres.

« Au Sud, il fallut combattre les Vandales, que la Tribu des Ombres ne pouvait plus contenir, puis repousser les attaques des Sans-Nom de Thorll qui menaçaient la frontière de l'Ouest et faire face aux ambitions des Hommes de Sel qui multipliaient les incursions sur les terres des Pêcheurs.

« Roland mena tous ces combats de front. Appuyé par la Magie de Mayerlin, la force de Salvan et la ruse de Nacaa, il fit preuve d'un courage et d'une détermination qui lui valurent le respect de son peuple et la crainte de ses ennemis. Après sept ans de guerre, les frontières du Royaume furent enfin sûres et les campagnes cessèrent, permettant aux soldats de retrouver leur famille et au peuple de goûter enfin à la douceur de la paix.

« Entre-temps, Roland avait eu une fille, Sophie, et l'amour sans limite qui unissait le Roi et l'enfant rayonnait sur tout le Royaume. La jeune Princesse illuminait la cour de ses rires lorsqu'elle assistait au retour de son père et ses larmes bouleversaient les cœurs les plus durs lorsque le Roland devait à nouveau quitter le Château. La fin des combats fut le plus beau cadeau qu'il put lui offrir et la voir chaque jour abriter auprès du Roi les sourires éclatants de sa jeune vie était pour tous une source éternelle de plaisir.

« Mais il restait une guerre à mener.

« Roland avait toujours pu compter sur l'agressivité naturelle de la Tribu des Nains pour contenir les assauts des Géants sur les frontières du Nord. Mais lassé par le poids d'innombrables années de conflits et aspirant à une paix dont les plus jeunes ne connaissaient rien, le peuple des petits hommes demanda au Roi de lui venir en aide. Une fois encore, Roland rassembla son armée et dut préparer ses soldats à de nouveaux combats. Menés par l'invincible Salvan, ils quittèrent les terres de Mégis pour rejoindre le territoire des Nains. Mais ils ne partirent pas seuls. Bien décidée à ne plus quitter son père, la Princesse Sophie profita de l'agitation du départ et réussit à se glisser dans l'ombre d'un chariot pour se joindre au convoi.

« Dés son arrivée dans les contrées du Nord, Roland consacra toute son attention à la préparation des combats. Un camp fut dressé aux abords de la frontière et même si une enfant n'avait que peu de choses à faire au sein des tentes de toile et des fortifications, tous étaient bien trop occupés par leur tâche pour remarquer la présence de la Princesse. Lorsque Roland en fut averti, le combat contre les Géants faisait rage et il était bien trop tard pour songer à une quelconque retraite. Le dévouement du Roi était sans limite, mais il n'était rien face à l'amour du père : Sans la moindre hésitation et bien que l'issue de la bataille fut encore incertaine, Roland renvoya Salvan vers le camp avec pour seule mission de protéger sa fille.

« Personne ne sut jamais comment les Géants l'apprirent, mais ils furent bientôt informés que la Princesse Sophie était sur leurs terres. Privée de la force légendaire de Salvan, l'armée de Roland perdit momentanément courage alors que la férocité de leurs ennemis redoublait. Ils réussirent à percer les dernières lignes des Mégissiens et se ruèrent vers le camp. La défense que leur opposa Salvan dépasse tout ce que les mots ne pourront jamais décrire. On raconte que lorsque le combat prit fin, son armure était percée de tant de flèches et son bouclier entaillé de tant de coups d'épée, que personne ne pu jamais les compter. Durant de longues heures, il fit front, repoussant un à un les assauts qui se succédaient. Une fois, une seule fois, alors qu'une nouvelle vague d'assaillants échouait de nouveau à percer sa défense, il mit un genou à terre et dut baisser sa garde. La flèche déchira l'air du crépuscule au dessus de sa tête penchée. Elle aurait pu se perdre dans le néant de l'hiver, ou se briser sur le bois gelé d'un arbre aux branches noires. Mais le destin de tant d'âmes n'a si souvent tenu qu'à la cruauté d'un hasard capricieux. Le trait aveugle se planta dans la poitrine de la jeune Princesse, emportant dans sa course la vie qui battait dans ses veines.

« Lorsque Roland put enfin rejoindre sa fille, elle avait déjà franchi le seuil de la porte étroite qui sépare les mondes. Dans un dernier effort, elle posa sa main dans celle du Roi et une larme unique échappa à ses paupières closes. Est-ce le froid de ces contrées glaciales qui l'empêcha de se perdre, ou le cœur de la jeune fille était-il si pur que le sol défiguré par l'horreur des combats refusa de l'accepter ? La Magie de Mayerlin agit-elle à son insu lorsqu'il tendit la main pour recueillir le dernier éclat de vie de la Princesse ? Nul ne le saura jamais.

« Lorsqu'il l'ouvrit, il tenait dans sa paume le Cristal que tu portes : La larme de Sophie. »

La Mère s'interrompit et ferma les yeux.

- « La douleur de Roland fut infinie » reprit-elle après un long silence « mais avant d'être un homme, il était un Roi et jusqu'à son dernier jour, il se dévoua sans répit pour le Royaume sans que rien n'épuise jamais l'amour qu'il portait à son peuple. Salvan, lui, n'eut pas son courage. Bien que jamais Roland ne lui eut adressé le moindre reproche, il quitta le Château et disparut aux yeux de ce monde dont il ne supportait plus la lumière.

« Lorsqu'il réapparut, de nombreuses années s'étaient écoulées. Mayerlin et Nacaa avaient conservé le Cristal qui abritait le dernier sourire de la Princesse. Le vieux guerrier était enfin prêt à le retrouver. Ils le lui remirent. Et il partit de nouveau.

« Une légende de Mégis prétend que cette pierre est si pure que le temps lui-même n'ose pas l'approcher et que celui qui la porte est à l'abri du passage des ans et des morsures qu'ils infligent à toutes choses. Une autre, affirme qu'un jour naîtra un Prince, sans terre et sans trône, qui au-delà des frontières du Royaume, soumettra les peuples guerriers et unifiera les contrées les plus lointaines pour offrir à ce monde la paix qui lui échappe encore. Et que le seul signe dans lequel il se reconnaîtra, le seul emblème qu'il acceptera jamais de porter est le Cristal de Sophie.

« Mais ce ne sont que des légendes, bien sur... »

La Mère ouvrit enfin les yeux.

Au loin, le chant léger d'un oiseau prétendit que seule la vie comptait. Seule la vie...

Elle attendit encore quelques instants avant de s'adresser à la vieille femme.

- « Mayerlin m'a accueilli dans ce monde et m'a guidée sur le chemin que je devais suivre. Salvan m'a remis le Cristal lorsque sa route a croisé la mienne. Mais qu'est devenue Nacaa, la Voleuse aux cent vies ? » lui demanda-t-elle.

La femme aux cheveux blancs ne répondit pas. Elle laissa un sourire courir sur ses lèvres pales. Elle bougea très légèrement la main qu'elle tenait enfouie sous le châle de laine. La lueur jaillit entre ses doigts agiles, ne vivant que le temps d'un éclat. Mais la lumière n'échappa pas au regard du *Fleuve*.

C'était le reflet clair d'une lame.

**

Lorsqu'elle quitta *La Mère*, la nuit avait déposé sur le monde le voile sombre de ses premières heures. Assis au pied de la roulotte, Maurice l'attendait. Elle reconnut sans peine les larges épaules de l'homme qui se tenait prés de lui : Ruben. Les voleurs avaient allumé un feu au creux de la ronde de pierres. Les flammes blanches s'élevaient vers le ciel et répandaient leur lumière jusqu'aux limites de la clairière.

- « Il ne reste qu'une nuit. Nous avons voulu la passer avec toi » lui dit Ruben.

**

Pour ceux qui savent ne leur accorder que l'importance qu'ils méritent, les mots n'ont de sens que lorsqu'ils sont indispensables. Ce soir-là, ils ne l'étaient pas. Elle termina en silence le repas qu'avaient préparé les Voleurs, puis s'allongea dans l'herbe.

Le ciel au dessus d'elle lui fit un manteau d'étoiles que la lueur du feu ne parvint pas à éteindre. Elles brillaient encore sous ses paupières lorsqu'elle ferma les yeux.

**

Voltigeur quitta le toit de la roulotte alors que les grands arbres dormaient encore. Quelques heures plus tôt, il avait assisté au départ silencieux des Voleurs. Le Père et le fils s'étaient éloignés sans un bruit, marchant au coté de leurs chevaux pour éviter de la réveiller. Ils avaient suivi un temps le chemin qui s'éloignait entre les arbres puis leurs routes s'étaient séparées, chacun se dirigeant vers le destin auquel il se devait.

L'aigle survola une dernière fois la clairière puis obliqua sur la droite pour rejoindre la *Fille aux yeux de ciel*. Elle talonna les flancs de la jument qui retrouva sa foulée légère.

Le temps n'attendait plus.

Le Royaume l'appelait.

LA CHEVALIERE

Le soleil naissait aux frontières du ciel lorsqu'elle atteignit l'arbre indiqué par Ruben. Face à elle, le chemin s'arrêtait au pied de la crête d'un mont usé. Invisible au-delà de ce dernier rempart, s'ouvrait la *Vallée du sang* où s'affronteraient les Pêcheurs et les soldats de Mordar. Elle tira sur les rênes et immobilisa la jument.

Elle sentit dans son dos la chaleur des premiers rayons qui atteignaient l'horizon. Bientôt ils envahiraient le ciel et passeraient la barrière de la butte, inondant la vallée de lumière. Alors la guerre commencerait.

Pour la première fois, depuis qu'elle avait rejoint le Royaume, elle hésita. Porté par les lueurs du *Fleuve*, son regard s'emplit des souvenirs si jeunes de ce monde qui était le sien, de ce peuple auquel elle appartenait. Tout jusqu'ici l'avait conforté dans ses certitudes. Mais à quelques pas d'elle, à quelques secondes de ce temps qui lui demandait une dernière fois de choisir, elle savait que se dressaient la peur et la haine dont se gorgeait la guerre des hommes.

Elle leva les yeux et les couleurs du ciel rencontrèrent les flots brûlants du *Fleuve*.

Elle fit glisser entre ses mains les rênes qui retenaient la jument et laissa *Neige* avancer vers la plaine.

**

Sous le voile léger des dernières brumes, la vallée s'enfuyait vers d'invisibles sommets qui dansaient dans les lueurs du matin. De chaque coté de la plaine, le sol s'élevait pour former deux monticules parallèles. Sur l'un s'alignaient les Pêcheurs, immobiles, sous les longues lances dressées. Sous les pointes d'acier, de longues bandes de tissus colorés s'agitaient à chaque respiration du vent. Les soldats de Kerys leur faisaient face, regroupés sur l'autre butte. Les sabres impatients battaient le bois noir des boucliers, rythmant le chant des guerriers qui défiaient leur peur.

La colère des hommes n'attendait que le signal du ciel.

A l'entrée de la plaine, Mordar avait fait installer le *Camp des Princes* selon l'ancienne coutume barbare. Huit colonnes de grés étaient érigées à égale distance les unes des autres, formant un vaste cercle au sein duquel était dressé le camp. Un toit de toile blanche, soutenu par des piques de bois, abritait les chefs de chaque tribu. Ils assisteraient aux combats et devraient désigner le vainqueur. Les soldats de Roland avaient pris position à l'entrée de la plaine afin de maintenir d'éventuels débordements. La garde de Mordar arpentait les abords du cercle des colonnes, défiant l'armée du Roi. La guerre attendait depuis trop longtemps. Elle exigeait désormais qu'ils la servent.

**

L'ombre de la vallée résistait avec fureur à la lumière qui gagnait peu à peu le ciel. Sous ses ailes déployées, le matin voulait naître, mais le soleil semblait hésiter, fixant sur l'horizon ses premiers rayons. *Voltigeur* dépassa la butte qui protégeait encore la vallée. La *Fille aux yeux de ciel* s'approchait des hommes.

Les deux soldats qui s'interposèrent alors que *Neige* atteignait l'entrée du camp portaient la tenue de l'armée des Hauts-Vivants, longue tunique noire barrée d'un éclair rouge qui partait de l'épaule gauche pour mourir sur la hanche droite. Leurs traits s'effaçaient sous l'épaisse barbe noire qui dévorait le visage des hommes de leur peuple et leurs cheveux sombres disparaissaient presque entièrement sous le casque à double pointe qui descendait jusqu'à la nuque. La haine avait depuis longtemps pris leur regard en otage, voilant toute expression. Ils se placèrent sur la trajectoire de la jument et leur main se posa sur la poignée du sabre qui pendait à leur ceinture.

Le sifflement se perdit dans le chant lointain des guerriers. Le rayon se dédoubla et frappa d'un même éclair. L'impact projeta les soldats vers l'arrière. L'un perdit conscience lorsqu'il heurta le sol. L'autre résista mieux, mais jugea préférable de ne rien en montrer. Elle ne leur accordait déjà plus aucune attention.

Neige continua d'avancer vers le camp. Sa robe blanche volait des reflets de lumière au jour qui la suivait. Et elles entrèrent dans le cercle des colonnes.

Les Princes gardaient les yeux fixés sur la vallée, attendant que le ciel l'embrase. Ils se tournèrent ensemble, surpris par le choc des armures sur le sol d'herbe et de rocaille.

Xena se tenait à l'orée de la tente de toile.

Le ciel lui accorda le temps d'un regard et elle le leur offrit : Les yeux du Roi Roland avaient retrouvé la couleur de l'espoir alors que les traits sombres de son fils s'éclairaient d'un large sourire. Mayerlin avait dissimulé ses pupilles grises sous la capuche rabattue d'une longue cape grise. Leur chaleur n'échappa pourtant pas au *Fleuve*. Les flots bleus croisèrent le regard noir de Ruben. La peur n'y avait toujours pas sa place. Elle esquissa un sourire lorsque Ugo porta brièvement la main sur le bas de son ventre. Un instant, elle crut distinguer l'ombre du Prince Allan, mais son reflet s'évanouit. Là, là-bas peut-être…

Puis la fureur du *Fleuve* se déchaîna effaçant les images de ceux qui étaient les siens.

Mordar était un colosse qui dépassait en taille et en force le plus puissant des soldats du Royaume. Il ne connaissait que la haine et la violence dictait chacun de ses gestes. Dans ses yeux brûlaient les flammes d'une colère permanente. Une lourde armure de cuir noir protégeait son torse, maintenue à sa taille par une large ceinture. Ses bras étaient couverts de cicatrices, témoignages d'une vie vouée au combat. Son crâne était rasé et son visage à la peau sombre dévoré par la barbe noire des Hauts-Vivants. Il surgit de l'ombre de la tente, jetant au sol d'un geste furieux l'un des soldats qui se trouvait sur son passage. De sa main s'échappait le reflet d'un sabre aux dents d'acier.

Il se rua sur elle.

- « Elle y a mis de la colère » ne put s'empêcher de penser Mayerlin. « Pour la première fois, elle n'a pas simplement laissé le *Fleuve* la défendre. Elle l'a *poussé*. Si cette arme grandit avec elle et qu'elle apprend à lui communiquer sa force, quelle puissance atteindra-t-elle lorsque l'enfant laissera place à la femme ? »

Le sifflement du Rayon explosa dans le silence du camp. Les couleurs du ciel envahirent l'espace, inondant les regards de lumière. Le bleu était partout. L'éclair atteignit Mordar en pleine poitrine, faisant exploser l'armure de cuir qui se fendit sur toute sa longueur. Le corps du géant se désarticula. Ses bras battirent l'air qui ne leur offrit aucune aide. Sa main lâcha le sabre dont l'acier avait fondu. Projeté en arrière, il percuta une des colonnes qui s'écroula dans un fracas de pierre. Son dos émit un craquement sinistre alors que sa tête retombait sur le coté. Le corps du Prince des Hauts-Vivants s'affaissa sur les débris du pilier.

Les soldats de Mordar s'étaient avancés pour venir en aide à leur chef. Ils croisèrent son regard et stoppèrent instantanément leur élan. Les flots du *Fleuve* étaient un océan en furie.

Elle talonna les flancs de *Neige* et elles contournèrent la tente de toile.

Et elles s'engagèrent sur la plaine.

**

Voltigeur se laissait porter par le vent, décrivant de larges cercles au dessus de la vallée. L'air saturé par les relents de la peur des hommes l'empêchait de respirer librement. Il prit de l'altitude et retrouva la pureté du ciel. Plus bas, la jument blanche atteignait le centre de la plaine. A quelques mètres d'elle, la ligne sombre qui maintenait la vallée à l'abri du soleil reculait inexorablement. Il s'éleva encore et le plaisir de voler seul fit trembler son regard acéré.

« Pas seul… » cria la voix du *Fleuve*, loin au-dessous de lui. « Pas seul... Ensemble... » Il fit mine de s'éloigner encore, tendant ses longues ailes vers la lumière du ciel, puis il brisa la courbe de son vol et plongea vers la *Fille aux yeux de ciel*.

**

Elle immobilisa la jument à la hauteur des armées qui se faisaient face. La haine déversait son poison dans le cœur des hommes qui se défiaient à distance. Les lanciers de Cillia frappaient le sol de leurs armes dressées. Leurs coups réguliers faisaient trembler la terre. Sur l'autre versant de la plaine, les soldats de Mordar hurlaient un chant guerrier et insultaient le ciel, lui reprochant sa lenteur. La guerre rugissait, criant son impatience par la voix des soldats.

Effrayée par les cris, *Neige* frappait l'herbe de ses sabots. Elle raffermit la pression sur les rênes et la força à se tourner vers l'armée des Pêcheurs. Elle posa son regard sur les soldats alignés. Les reflets bleus du *Fleuve* envahirent l'espace qui la séparait de l'armée. Peu à peu, les coups cessèrent. Elle imposa un demi-tour à la jument et fit face aux Hauts-Vivants. Les flots couleur de ciel atteignirent les rangs des guerriers. Et les chants se turent à leur tour.

Le silence posa son voile sur la plaine immobile. Lui dérobant un souffle, *Voltigeur* se posa sur le pommeau de la selle de cuir alors qu'elle faisait de nouveau pivoter la jument pour la placer dans l'axe du Camp des Princes. Echappant au cercle des colonnes, Mayerlin s'était avancé jusqu'aux abords de la vallée. Il repoussa sa capuche en arrière, libérant ses longs cheveux blancs qui se posèrent sur ses épaules. Si ils échangèrent un signe, il resta invisible. Le Magicien écarta les bras, mains ouvertes, paumes tournées vers le ciel. Il ferma les yeux. Un vent doux et puissant s'éleva de la terre.

Alors elle s'adressa aux soldats.

**

- « Je m'appelle Xena » confia-t-elle au vent qui s'empara de ses mots pour les porter à tous. « Je suis la Chevalière. »

**

- « Il y a bien longtemps, bien avant que ce monde ne vous accueille, les pères de vos pères se sont tenus aux places que vous occupez aujourd'hui. Ils ont brandi les mêmes sabres et dressé les mêmes lances. Ils ont tremblé aux mêmes peurs et aspiré aux mêmes victoires. Comme vous, ils ont confié leur destin à la guerre et se sont engagés sur le chemin des combats. Mais eux avaient un rêve : Renonçant à la valeur de leur vie, ils voulaient bâtir un Royaume qui abriterait le bien le plus cher qu'ils pouvaient offrir à leurs enfants : La Paix. C'est la mémoire de ces hommes, c'est le courage de ces soldats que vous insultez aujourd'hui en vous défiant. Et c'est le Royaume qu'ils ont construit que vous mettez en danger et que vous voulez détruire. JE NE VOUS LAISSERAI PAS FAIRE !.... »

Elle pencha la tête en arrière. Ses mains tremblaient, mais pas son regard. Le *Fleuve* s'abreuva aux couleurs du ciel. Puis elle parla de nouveau.

« Vous ne me connaissez que par la Prophétie d'un Roi et par le souvenir des histoires avec lesquelles vos mères berçaient vos nuits d'enfants. Moi qui, il y a quelques jours, ne savais de votre monde que ce que m'en avaient appris mes rêves. J'ai mis dans mes paroles, tout l'amour que je porte à ce Royaume et aux peuples qui le font vivre. Rien ne vous force à écouter ma voix et rien ne vous oblige à entendre mes mots. Mais peut-être écouterez-vous les leurs... »

**

Voltigeur braqua ses pupilles jaunes sur les eaux brûlantes du *Fleuve*. Il ne comprenait rien au langage des hommes, mais les flots qui couraient dans les yeux de la *Fille aux yeux de ciel* savaient lui parler. « Maintenant ! » lui dit la voix bleue. Il déplia ses ailes et se jeta à l'assaut du ciel.

**

Elle leva le bras, doigt tendu en direction de la butte qui fermait la vallée. *Voltigeur* l'atteignait déjà. Lorsqu'il passa la ligne de crête, il lança aux hommes le cri que lui avait appris le ciel. Au même instant, comme obéissant à l'ordre que lui donnait l'aigle, le soleil jaillit au sommet du mont et inonda la plaine de lumière. Et dans l'éclat de ses premiers rayons, apparurent les silhouettes des enfants.

**

Maurice guidait les enfants de Mégis. Il jeta un regard de coté et le sourire doux de Vincent apaisa le feu qui brûlait dans ses yeux sombres. Dans sa main gauche il sentit trembler les doigts de Rémy. « Tout ira bien » lui dit-il doucement. Au dessus de lui, le cri de l'aigle déchira le silence.

Il fit encore un pas et ils entrèrent dans la lumière de la vallée.

**

Aux portes de la plaine, Mayerlin inclina la tête en arrière. Il leva ses bras plus haut et le vent de la terre monta à la rencontre du ciel. Il ouvrit les yeux et la lumière envahit son regard. Elle brillait bien moins que son sourire.

**

- « Ce sont vos enfants » répondit-elle aux murmures des soldats. « Ce sont vos fils et vos filles, Pêcheurs et Hauts-Vivants. Et avec eux les enfants de Mégis et de toutes les tribus du Royaume. Aujourd'hui vous écrivez l'histoire de vos peuples, mais demain ils en seront les maîtres. Et quel que soit l'héritage que vous leur laisserez, quelles que soient les blessures que vous infligerez à leur monde, ils s'uniront pour respecter le Pacte de la Chevalière qu'aucun ne trahira. Comme vos pères, ils connaîtront le jour où ils devront offrir leur sang pour reconstruire ce que vous aurez détruit et comme vos pères, ils le feront. Mais dans chacune des peines et dans chacune des joies par lesquelles les guideront leurs vies, dans leurs défaites les plus cruelles comme dans leurs victoires les plus éclatantes, ils ont fait le serment de bannir votre souvenir. Pas un seul de vos noms dans les lignes de leurs livres, pas un seul de vos actes dans les voix de leurs récits et pas un seul de vous dans la lumière de leur mémoire. Ils effaceront tout. Ils ne laisseront rien.

Voici le serment qu'ont fait vos enfants, soldats de Cillia et guerriers de Mordar et voici la promesse qu'ils m'ont chargée de vous transmettre.

Moi, La Chevalière, je suis venue vous offrir l'unique rançon qu'ils paieront à votre guerre : L'OUBLI ! »

**

Le vent portait ses mots au-delà des cœurs les plus sourds. Les eaux du fleuve brûlaient dans les yeux qu'elle ouvrait sur le ciel. Leurs couleurs se mêlèrent et emportèrent la colère des hommes dans leur course vers la lumière. A l'entrée du camp, Mayerlin laissa tomber ses bras et le souffle de la terre se tut, rendant à la vallée le silence qui la protégeait depuis l'aube des temps. Elle posa ses mains jointes sur le pommeau de la selle, puis elle ferma les yeux. La lumière du *Fleuve* s'éteignit dans un dernier éclair bleu.

Et le premier bouclier tomba, suivi d'un sabre qui ne servirait plus. Les lances furent brisées et les éclats de leur bois retrouvèrent la terre à laquelle ils étaient rendus. Un à un, puis par groupes entiers, les soldats désarmés descendirent dans la vallée et se dirigèrent vers les sourires des enfants qui avaient envahi la plaine. La guerre jeta un regard glacé sur les hommes qui l'oubliaient. Puis elle s'en fut, en quête de vies plus fragiles.

**

Les Princes s'étaient avancés, échappant au cercle des colonnes. Le Roi les devança et lui tendit la main pour l'aider à mettre pied à terre. Le sourire de Roland éclairait son visage et portait le bonheur de tous. Les mots n'ont plus leur place quand la joie les remplace.

Elle se tourna un instant pour saisir les rênes de *Neige* lorsque le cri retentit dans son dos. Elle eut le temps de se retourner, mais pas celui de parer l'attaque. Rémy ralentit sa course bien trop tard et se jeta sur elle, porté par l'élan de ses rires. Il lança ses bras autour de son cou et la déséquilibra. Elle bascula en arrière et atterrit dans l'herbe tendre, enlaçant à son tour l'enfant qui criait son nom.

La Chevalière était à terre. Mais son rire, lui, s'envola pour embraser le ciel du Royaume.

CROIS-TU QU'UN MONDE...

Ils quittèrent le Château à aux premières lueurs de l'aube. La troupe qui suivait les pas de *Neige* était bien plus nombreuse que celle qui l'avait guidée lors de son arrivée. Le Roi et les Princes du Royaume avaient tenu à accompagner son départ.

La veille, sur l'invitation de Roland, les enfants de Mégis avaient envahi le Château. Les murs de la Salle du Grand bal - et les bras agités du Majordome du Roi qui avait rapidement renoncé à maîtriser l'ouragan qui s'était abattu sur son organisation légendaire - tremblaient encore au souvenir des cris et des courses interminables. Pour le plus grand bonheur de tous, elle s'était jointe à eux sans s'imposer la moindre limite, partageant leurs jeux sans fin et joignant le sien à l'éclat de leurs rires. Elle avait déclenché elle-même, avec la complicité des musiciens du Château, une gigantesque farandole dans laquelle elle avait réussi à entraîner le Roi, les Princes et l'ensemble des domestiques, le tout sous les yeux exorbités d'Yves, définitivement convaincu de la décadence de l'humanité. Elle était la Chevalière. Mais elle montra à tous les enfants du Royaume qu'elle était aussi une petite fille qui leur ressemblait. Et c'est l'image qu'ils emportèrent dans leurs rêves quand le sommeil finit par avoir raison d'eux. Ils ne l'oublieraient plus. Les années, implacables, effacent peu à peu le souvenir des exploits les plus grands. Mais les sourires du cœur se gravent à tout jamais dans les mémoires. Et le temps, lui-même ne peut rien y changer.

Elle échangea un regard avec Maurice qui chevauchait à ses cotés et ils s'engagèrent sur la piste qui courait jusqu'aux portes de Mégis. La cité dormait encore et la paix veillait sur son sommeil.

**

Le soleil, prisonnier du ciel, traversa le Royaume à la poursuite d'un nouveau jour. Ils suivirent la course de sa lumière jusqu'à la clairière au cerisier.

**

Elle s'arrêta à quelques pas de l'arbre. Avant de mettre pied à terre, elle se pencha sur l'encolure de la jument, glissant ses mains dans la longue crinière et enfouit sa tête dans la douceur des poils blancs. « Merci *Neige* » murmura-t-elle à son oreille. Puis elle passa une jambe au dessus de la selle et comme elle le faisait souvent, se laissa glisser sur le cuir souple pour rejoindre le sol.

Le Roi et son fils approchèrent les premiers et la rejoignirent dans l'ombre du vieux cerisier.

- « Comment le peuple de Mégis pourra-t-il jamais te remercier pour ce que tu as fait, Chevalière » lui demanda Roland. « Notre avenir tremblait sous les lourds nuages de la guerre et tu lui a rendu la lumière. Que pourrons-nous faire pour te rendre un jour ce que nous te devons. »

- « Maintenez la paix dans le Royaume, Majesté » lui répondit-elle. « C'est là tout ce que je vous demande. Conservez-la précieusement, pour que ce que nous avons fait ensemble ne soit jamais vain. Et toi Roland, suis le chemin sur lequel te guide ton père. Un jour, c'est à toi que reviendra la charge d'écrire l'histoire de Mégis. Fais-le sans jamais oublier que l'amour est le plus grand cadeau qu'un Roi puisse offrir à son peuple. »

- « Le regard de mon père brillera à jamais dans ma mémoire » lui répondit le Prince dont le voix tremblait. « Et à ses cotés, brûlera celui de la Chevalière. »

**

Ugo n'eut pas à se baisser pour trouver son regard. Ils étaient de la même taille. Elle essuya l'ouragan de « rrrrrrrr » qu'il adressa à la clairière, à la forêt et sans doute à une bonne partie du Royaume.

Même lorsqu'elle se voulait chuchotante, la voix du Roi des Nains faisait frémir le ciel. Lorsqu'il libéra enfin ses tympans bourdonnant du tonnerre de ses mots roulants, elle le retînt d'un sourire.

- « J'ai une chose à te demander, Ugo » lui glissa-t-elle dans un murmure. « Qu'est-ce qu'une *Daïlane* ? »

Un éclair de surprise illumina les yeux du Roi des Nains et les poils roux de sa barbe se dressèrent d'un seul élan alors que ses larges épaules étaient secouées d'un sursaut. Puis il se remit du choc et avec sa douceur habituelle, manquant de lui briser l'épaule, il l'attira vers lui pour lui chuchoter quelques mots à l'oreille. Elle recula d'un pas, bouche entrouverte, son regard bleu écarquillé.

Lorsque ensemble ils éclatèrent de rire, les arbres de la forêt riaient avec eux.

**

Ruben et l'ombre du Prince Allan approchèrent ensuite. Ils n'aimaient pas les mots et encore moins ceux qui séparent.

- « Tu seras toujours la bienvenue parmi les tiens, Chevalière » lui dit simplement le Roi des Voleurs.

- « Et la tribu des Ombres n'oubliera pas ton nom » ajouta le mirage d'une voix sans visage, quelque part, tout prés d'elle.

**

Puis Maurice la retrouva dans la lumière des fleurs blanches.

- « Pourquoi faut-il que tu partes ? » lui demanda-t-il. « Pourquoi faut-il que ce chemin qui nous avait réuni nous sépare aujourd'hui ? »

- « Crois-tu qu'un monde puisse nous séparer ? » lui répondit-elle en prenant ses mains dans les siennes.

- « Je sais que cent mondes n'y suffiraient pas » lui dit-il, alors qu'une larme naissait sous sa paupière et cherchait son chemin sur sa joue.

- « Alors ne pleure pas, Prince des Voleurs. Je serai toujours prés de toi. Où que tu sois et où que je me trouve. Ensemble. Toujours ensemble. »

- « Tu pleures aussi, Chevalière » lui glissa-t-il dans un souffle.

Ils chassèrent leur tristesse à la chaleur d'un sourire et les prunelles noires acceptèrent la promesse silencieuse des yeux couleur de ciel. Puis elle lâcha ses mains et saisit la lanière qui entourait son cou. Le cristal inonda le jour de lumière lorsqu'il croisa les couleurs du ciel. Elle passa avec douceur le cordon de cuir autour des cheveux sombres et la Larme de Sophie trouva sa place sur la poitrine du jeune Voleur.

- « Cette pierre t'appartient, désormais, Maurice. Le destin qui est le tien est plus grand que celui de cent vies. Les peuples de tout un monde ont mis en toi la force de leur espoir et dans les traces que suivra ton chemin se trouvent chacune de leur joie et chacune de leur peine. Sois digne de l'amour qu'ils te portent et aime-les autant qu'ils t'aiment. Tu es déjà bien plus qu'un Prince. Un jour tu seras tellement plus qu'un Roi. »

**

Voltigeur se posa sur le plus haut des arbres qui veillaient sur la clairière. Son univers était fait d'un silence bien trop subtil pour le monde bruyant des humains et personne ne remarqua sa présence. Mais peu de choses échappaient à la vigilance du *Fleuve* et le regard de la *Fille aux yeux de ciel* se tourna vers lui. « Tu resteras le maître du vent » lui dit la voix bleue. « Mais on ne peut être vraiment libre si on est seul. Choisis !... »

L'aigle hésita quelques secondes, les yeux braqués sur le ciel qui l'appelait. Puis il ouvrit ses ailes et abandonna la branche qui le portait. Il se laissa glisser sur les routes du vent, suivant les cercles courts qui le rapprochaient du sol. Il se posa aux pieds du Voleur et ses plumes tremblèrent lorsque la main de l'enfant l'effleura. Dans ses pupilles jaunes brillait l'éclat des eaux du *Fleuve*.

**

Mayerlin fut le dernier à la rejoindre. Sans le moindre effort, il plia les jambes et s'assit dans le vide pour se porter à sa hauteur, les talons collés au sol, un bras en appui sur sa cuisse, paume ouverte. Il plongea son regard dans le flot des eaux bleues et ferma la main. Lorsqu'il l'ouvrit de nouveau, un anneau d'argent surmonté d'une pierre couleur de ciel y brillait. Il prit sa main et fit glisser l'anneau qui se referma sur son doigt.

- « Cette bague est la clef qui unit nos deux mondes, Chevalière » lui dit la voix grave. « Tu appartiens au notre désormais, comme tu fais partie du tien. Tu es le lien qui les rassemble, la porte par laquelle ils se retrouvent. Ne l'oublie pas. »

Son regard se perdit un instant dans les reflets clairs de la pierre puis elle leva les yeux et se glissa entre les bras que lui tendait le vieil homme. Elle posa sa tête sur son épaule et ses larmes se perdirent dans la toile épaisse du tissu.

- « Est-ce que je reviendrai un jour ? » lui demanda-t-elle dans un murmure.

- « Plus tôt que tu ne crois, Chevalière » lui répondit le Magicien. « Plus tôt que tu ne crois… »

**

Elle était seule au pied du grand arbre alors que le soleil se perdait dans l'ombre de la forêt. Elle s'était assise, jambes tendues, bercée par la caresse de l'herbe puis avait laissé son regard se remplir des sourires de ceux qui étaient ses amis. Elle ferma les yeux, emprisonnant une dernière image et les couleurs disparurent, dans l'éclair blanc d'un souvenir.

Doucement, la lumière se tut.

Et il ne resta que le noir.

ICI

Vendredi 05 avril… 07h15

Un filet de jour échappe à la vigilance des volets clos et vient se poser sa joue. Elle ouvre les yeux et chasse dans un éclair bleu les dernières ombres de la nuit. Elle repousse la couette de plumes et tend ses jambes. La douleur s'éveille dans ses cuisses et suit le chemin des muscles, se répand dans son dos, glisse jusqu'aux épaules. Elle se dit qu'elle a encore du dormir dans une de ces positions étranges qui lui sont parait-il coutumières. Elle s'étire jusqu'à ce que les courbatures s'apaisent. Puis elle se lève. Son corps s'éveille, mais son esprit hésite, prisonnier de la douceur du sommeil. Les bribes d'un rêve lointain tentent de prendre forme dans sa mémoire, sans parvenir à une netteté suffisante pour qu'elle les capture.

Elle entrouvre les volets et se dirige vers la porte de sa chambre. La lumière hésitante du matin étend un voile d'ombre sur les murs assoupis. Elle fait encore un pas et la petite grenouille qu'elle tient dans sa main lui échappe. Elle tombe sur le sol dans un silence de peluche. Elle se penche pour la ramasser. Son dos proteste. Elle tend la main vers le sourire figé du jouet, ouvre ses doigts dans la lumière.

Et l'éclair bleu jaillit de la pierre qui brille sur la bague d'argent.

Et tout lui revient d'un coup : Mégis, Roland, Maurice, *Neige*, *Voltigeur*… Ils sont tous là, répondant au sourire de sa mémoire. Un flot de larmes, joie et peine mêlées, inonde son regard et son appel se blottit dans le murmure qui court sur ses lèvres serrées : « Mayerlin, Mayerlin… »

La voix grave du Magicien s'élève, juste à coté d'elle.

- « Je suis là, Chevalière. Je suis là. Les mondes changent, se quittent, se retrouvent. Mais les vies qui s'allient ne se séparent plus. L'amour ne craint ni le temps ni l'espace. Je suis là, nous sommes tous là. Nous serons toujours prés de toi. »

Vendredi 05 avril… 07h48

Elle monte les marches du petit escalier qui mène à son école.

Devant elle, la grande porte ouverte sur le préau accueille les premiers rires. La cour l'invite à la rejoindre. Ses amies, ses jeux l'appellent. Un monde fait d'habitudes et de certitudes. Son monde.

Rien n'a vraiment changé. Mais rien n'est plus pareil.

Dans ses yeux, les images dansent. Dans son cœur, les voix murmurent. Le chant du vent dans ses cheveux, sous les longues foulées de *Neige*, l'envol de *Voltigeur*, prêt à défier le ciel, le tonnerre dans la voix d'Ugo, le mirage ondulant des apparitions d'Allan, le regard clair de Roland, la voix douce de la Mère, le rire de Rémy, le sourire de Maurice.

Sur son doigt brille la bague du Magicien. Elle ne cherche pas à la cacher. Elle seule la voit. Elle le sait.

Là-bas s'éveille un autre monde. Là-bas brille un autre ciel. Et savoir qu'ils existent est tellement suffisant. Un jour, peut-être, elle devra choisir. Mais elle a le temps, tout le temps. Le temps d'apprendre, de chercher, de comprendre. Le temps de vivre, d'aimer et d'aimer encore.

Elle a presque atteint la porte lorsqu'elle s'arrête. Elle tourne la tête et offre un regard bleu au vieux rosier qui dort sur le mur de la cantine. Elle ouvre un peu plus grand les yeux et le voile du *Fleuve* s'étend dans un souffle sur les branches éteintes. Le ciel semble rejoindre la terre. Puis les couleurs s'enfuient, sans que personne ne les remarque.

Elle entre dans son école.

Et son sourire illumine le monde.

Samedi 06 avril... 07h21

Le Directeur de l'école engage sa voiture sur le parking réservé aux professeurs. Il coupe le moteur et attrape sans la voir la vieille sacoche de cuir qui dort sur la banquette arrière. Sous le rabat usé, le bruissement d'un cahier écorné répond au murmure de quelques stylos échappés d'une trousse mal fermée.

Dans quelques minutes, les cris des premiers élèves éveilleront l'école. Dans quelques minutes, sa *vie* commencera : Un professeur malade qu'il faudra remplacer, des parents inquiets qu'il devra rassurer, la réunion de lundi avec le personnel d'entretien, les conseils de classe à préparer. Et les enfants, les enfants auxquels il consacre chaque heure, chaque instant, avec cette incontournable certitude de ne jamais savoir si tout donner suffit.

Il trouve la vieille clef sur le trousseau qu'il sort de sa poche, la glisse dans la serrure et soudain interrompt son geste. Une image, un reflet. Quelque chose a changé. Il tourne les yeux et son regard se fige sous le flot des couleurs.

Sur toute la surface du mur, les branches du rosier se poursuivent dans un ballet brillant d'émeraude. Les longues tiges vertes se tendent pour rejoindre le ciel. Le rouge éclatant des fleurs assiège les premières lueurs du jour, se gorgeant de chaque reflet du ciel. Il fait un pas vers le vieux mur et lorsqu'il effleure les feuilles puissantes qui dansent dans le murmure du vent, il croit sentir les torrents de sève qui se jettent à l'assaut de cette nouvelle vie.

Un sourire naît sur ses lèvres. Puis il se met à rire.

Dans un éclat de ciel, le soleil franchit la frontière des toits qui protègent la ville.

Et la lumière envahit le monde.

**

Dans son lit, Xena ouvre les yeux.

Bleu

**

Là-bas, dans un monde aux confins des mondes, Mayerlin sourit.

Stéphane GIRARD
Aix-en-Provence
07 mars 2010 – 16.51